2

LA軍

Illustration
猫月ユキ

SSランクパーティでパシリをさせられていた男。ボス戦で仲間に見捨てられたので、ヤケクソで敏捷を9999まで極振りしたら「光」になった……

余裕を崩さぬリズ。
腰を落とし、短刀を抜き放つべく
柄に手を添えていた。
そして、テーブルの上に立ったまま周囲を睥睨すると、
「マぁぁスタぁぁ……。
有象無象で、アタシが倒せるとでも――……？
ふふふ。SSSランク――舐められたものね」
裏ギルドの懐刀と
噂される孤高の暗殺者
リズ
ギルドから「光の戦士」に
斡旋された冒険者。
仲間から見捨てられたが
覚醒したグエンによって
助け出される。

平和なギルドが地獄に様変わり――!?
窮地を脱して新たな死地へ突入……。
悪徳冒険者の
包囲を撃破せよ!!
SS級冒険者パーティ
「光の戦士」の
シャイニングガーズ
古株の元メンバー
グエン・タック
戦闘力の乏しさによって
パーティ内でパシリをしていたが、
絶体絶命の窮地で覚醒し
『光速の最強戦士』となる。

「そうよ、アンタのせいよ!!
どうすんのよ、責任取んなさいよ!!
あと、バツとしてリズさんは今夜、
私の部屋まで来ること、薄着でぇ!!」
「つーか、俺が悪いのかよ?
どう見てもマナックたちのせいだろ?」
冒険者ギルド長&元パーティメンバー
&悪徳冒険者へ最高の『ざまぁ』を展開!!
「素敵な復讐劇を繰り広げたら、
ギルド施設が
崩壊しました…。

「それとこれは別です!!
『光の戦士(シャイニングガーズ)』はそれ相応のバツが下るでしょうが、
ギルドを半壊させたのを、
『はい、どーもぉ』で済むわけないでしょ!!」

「――どーしろってんだよ?」

「弁償に決まってんでしょ?
弁償にいいいいい!!」

辺境の街の
冒険者ギルド
女性職員

ティナ

「光の戦士(シャイニングガーズ)」に
リズを斡旋したギルド職員。
リズとは昔からの知り合いで、
彼女への愛が止まらない…。

「…………あとは、」
そう。あとは、行くだけッ！
そして、グエンは行く!!
ぐぐぐ、と槍を握りしめ――。
ただ、『光』となって…………!!
すううう……。
至高の魔法を放つ
若き大魔術師（ソーサラー）
シェイラ
「光の戦士（シャイニングガーズ）」のメンバー。
まだ若いがその実力から天才と称される。
グエンに絶体絶命の窮地から
救出されたが、
嘘の証言をして裏切ってしまう…。

「行っく――」、
「行っけええええ!!
『グエン砲』
発射ああああああ!!」
――ああああああああああっっ……って、誰がグエン砲じゃぁぁぁあ!!
万を超える魔王軍の進撃で、また覚醒!?
敏捷値極限突破の『光速の最強戦士』は、
リズのむちゃブリで
『魔物殲滅の最強光速砲』へ
進化――!!

CONTENTS

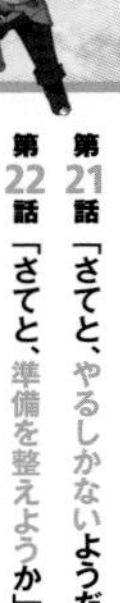

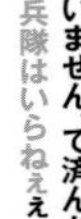
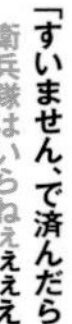
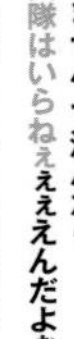

ダッシュエックス文庫

SSランクパーティでパシリをさせられていた男。ボス戦で仲間に見捨てられたので、ヤケクソで敏捷を9999まで極振りしたら『光』になった……2

LA軍

第1話「さーて！　換金してみようかな」

「ふわぁ……よく寝た」

「おはようございます――グエンさん」

昨日の騒動(そうどう)から、一夜あけ――。

ギルドに併設(へいせつ)されている宿屋から、寝ぼけ眼(まなこ)のグエンがのそのそと起き出し、いつもの習慣でギルド受付に顔を出す。

「おはようございます。ティナさん」

「……あのですね。ギルドの受付は洗面所じゃないんですけど。寝ぼけたまま顔を出すのやめてくれません？」

ジト目でグエンの顔を見るのは、辺境の街のギルドの職員ティナだ。

今日も今日とて、朝からご苦労様である。

「あーすまん。どうも、身体(からだ)の疲れが抜けなくてさ」

「疲れ⁇……あー。それ疲れだけのせいじゃないですよ。たしか、グエンさん、『再振(さいふ)りの丸薬(がんやく)』飲まれたんでしたっけ？」

「お、おう？」

唐突に聞かれて、グエンがどぎまぎしつつ返事をする。

「おそらく、敏捷以外のステータスが低すぎて、弱体化した身体のそれ・・に馴染んでないんだと思います」

え。マジの助？

「こ、怖いこと言うなよ」

「いや、怖いかどうかは知りませんけど。……今のグエンさんなら、ゴブリンに奇襲を受けただけでピンチに陥りかねませんよ？」

え、本気と書いてマジ⁇

グエンは若干ショックを受けた顔で青ざめる。

――だって、ゴブリンより弱いSSランクってなによ。

「う、嘘ですよね？　あはははは――」

グエンの乾いた笑いに、余計なことを言ったと察したティナ。

SSS候補の冒険者に怖じけづかれちゃ困るとばかりに――。

「ま、まぁ、ほら――よく言うじゃないですか！」

「へ⁇」

「ほらあれ、えーと。『当たらなければどうということはない――‼』ってやつです」

「聞いたことねぇよ！　そんな諺ッ‼」

絶対適当なこと抜かしてやがると、グエンは引いた眼でティナを見る。

あいまいな笑みでその目を躱しているティナであったが、

「あ、そうだ！」

「あからさまに誤魔化すなよ……」

急に話題を変えようとするものだから、グエンの目つきも胡乱げになるというものだ。

「し、失礼ですねー。ご、ごごご、誤魔化してなんかいませんよ」

「へーへー」

投げやりな態度のグエンに、ティナは頰を膨らませつつ、

「ぷー。なんですかその態度。人がせっかく、昨日の素材の換金目録を持ってきたのに——」

「へ？　換金？」

換金って、何の話だっけ……。

「ええ⁉　わ、忘れたんですか⁉　あんな高価な物を大量に持ち込んでおいて——⁉」

「い、いや。覚えてるけど……」

あれだよな？　魔物の素材——。

あれ？　換金なんか頼んだっけ⁇

「……ちょっと、顔に出てますよ。でも、大丈夫です。まだ換金してませんから——はい、見積もりの内訳表です」

そう言って、きれいに処理された羊皮紙をスッとカウンター越しに差し出すティナ。

「えーっと……どれどれ」

まぁ、苦労して手に入れたものはニャロウ・カンソーのドロップ品くらいで、それ以外の品はそれほど――――。

「ふぁー、おはよー……」

「リズさんも珍しく遅いですね――どうし」

「って、なんじゃこの金額ぅぅぅぅぅううううううう!!」

「きゃあああ!?」

ガッシャ――――ン!! と、けたたましい音を立ててグエンが飛び跳ねる。

おかげで椅子はすっ飛び、ギルドに併設された酒場で酔いつぶれていた冒険者数名が驚いて飛び上がっていた。

もちろん、リズとティナも。

「なななな、なんななななん、なに？ なに？ びっくりしたー！」

「ちょっと。いきなり大きな声出さないでくださいよ!!」

二人とも心臓を押さえてバックンバックン……。

腰を抜かさんばかりにしていたが、すかさずグエンに抗議する。

だが、当のグエンは、

「出すわ!! 大声出すわ!! び、びびび、びっくりしたわ――――!!」
・・・こんなん、声くらい出るわ！

思わず、魂（たましい）が飛び出すかと思ったわッッ！

「だ・か・ら！　いきなりでっかい声ださないでくださいよ」

ガスっっ!!

「えぶぅ!?」

カウンター越しにクロスチョップを繰り出すティナにいい一撃をもらったグエンがようやく落ち着く。

「いづづ……。って、いや、なに!?　こ、この金額何!?」

見積もりの内訳表に記載されたそれ――。

興味深そうにリズも一緒にのぞき込むと、びっくりして目を見開く。

「ひーふーみー……ちょっと、マジ??　これ!?」

「はぁ、まぁ、相場ですよ？　ただ――量が尋常（じんじょう）じゃなかったので……」

羊皮紙に並んでいる０の桁（けた）がおかしいくらいズラ――――っと。

「ぎ、銀貨換算？」

「もちろん金貨です。……白金貨がよかったですか？」

き、

「金貨でこれ!?　え!?　この、サンズヘッジホッグの針が一つ10枚って書いてますけど――」

「ええ、一番安い奴（やつ）ですね。状態によって変わりますけど、概（おおむ）ねこの値段ですよ？」

はぁ？

一番安いので金貨10枚⁉

ちなみに、金貨1枚は銀貨10枚の価値があり、銀貨1枚で銅貨１００枚分。

特殊な白金貨は金貨１０００枚換算である。

そして、都市部の相場といえば、庶民(しょみん)の食べる固いパン一個が銅貨1枚で買える程度だ。

「ちょ、ちょっと待ってくださいよ！　じゃぁ、全部換金したらいくらになるんですか！」

「え～っと……さすがにこれ全部はギルドの資金が尽きるので、すぐには無理ですが――」

ティナが東洋由来(ゆらい)という計算器を取り出して、パチパチと弾(はじ)いて計算する。

「え～…………締(し)めて白金貨２０５枚と、金貨５５０枚ですね」

ぶっはっ‼

「うわっ！　きったな‼」

「ちょっと、グエン‼」

思わず噴(ふ)き出したグエン。

あまりに金額のデカさに頭がショートする。

しかし、それも仕方のないことだろう――だって、

「こ、国家予算クラスじゃないですか⁉」

第2話「さーて！　山分けしようぞ！」

白金貨205枚と金貨550枚といえば、中・小国の国家予算並みだ。

それが、換金表にしっかりくっきり記載されている。

それを見て、ティナも慌てて内訳を確認。

「あ――……いや、あー。いやいや、まさかそこまでは…………あるのかな？」

目玉をグルグル回しながら、ティナが何度も書類を捲る。

どうやら、あまりの金額のデカさに現実味がなさすぎて思考がフリーズしているのだろう。

「うーん……」と、よくわからないといった様子でティナは首をかしげている。

いやいや、白金貨200枚って……一枚でもすさまじい大金なのに!!

(※白金貨1枚で1億円だと思えばわかりやすいかと……)

「そ、そんな大金どうしろっていうんですか!?」

「私に聞かれても困りますよ――――貯金でもします？」

金額の多さに全員が戦々恐々。

どどどどど、どないしよッ！

「貯金いいんじゃない～？　グエンたしか、ほとんどお金持ってないわよね？」

リズがケラケラと楽しげに笑い、グエンをおちょくる。

「う、うるさいなー。アイツらにパシリに使われてほとんど金がねーんだよ」

マナックたちにパシリにされたせいで、懐は常に寒い。

「そ、そうですね………ていうか、本当にこの金額？」

ティナがようやく状況を把握したのか、少し青い顔で茫然と呟く。

「や、やばいですかね……？」

グエンはティナやリズの言葉にまじめ腐って返すほどに、茫然自失。

笑っているのはリズばかり。

だ、だってしょうがないだろ？　一生遊んで暮らせるくらいの大金だぞ？

信じられない思いで、何度も何度も見積もり書を見直すが、ショックが大きすぎて文字と数字が頭に入ってこない。

「え、ええ……。なんといっても、伝説の槍と銛の二本ですからね」

あ、ほんとだ。

グングニルとトリアイナがそれぞれ金貨で100000枚……って。

「……一本で金貨100000枚⁉」

「たっか～い！」

グエンとリズが同時に声を上げて素っ頓狂な声を上げる。

だって、一本あたり白金貨換算１００枚のお値段だぞッ！

た、単位おかしくない!?

「ま、まぁなんというか。別におかしくありませんね……。むしろ、グエンさんには申し訳ないですが、相当安い金額かと思います——金貨１００００枚で伝説の槍とか鉞とかが手に入るなら、城の一つや二つ抵当に入れてでも買いたがる人間は大勢いるはずですからね」

いやいや。

城を抵当にって、そんなん買うのは貴族様か王様限定やん、それ。

「ですので、ギルドの人間の私が言うのも変ですが、売り払うならギルド以外のほうが高く売れると思いますよ。もっとも、」

ティナはチラリと周囲を見回して、

「——普通の店では取り扱いできるはずもありませんけどね」

そりゃそうだ。

どこの小売店に一本あたり白金貨１００枚以上の金額が出せるっていうんだよ。

「ですので、王都の地下オークションなんかがおススメですかねー……違法ですけど（ボソ）」

「あー……。あのぼったくりオークションね」

リズの訳知り顔に苦笑いをするグエン。

ってというか、ティナさんの口からなんか最後に黒いセリフが聞こえたぞ？

…………まぁいいや。それはともかくとして。

「――い、いえ、結構です。その……槍はそのまま使いますよ。ちょうど武器を新調したかったところだし、渡りに船です」

「はい。わかりました」

グエンは腰に差したスコップを見てトントンと叩(たた)き寂(さび)しそうに笑う。

今までこんな武器ともいえないもので戦ってたんだなと。

愛着がないではないけど、さすがにこれで戦い続けるわけにもいくまい。もう、パーティメンバーはいないのだから。

「あ、そういえば――俺のパーティの扱いはどうなってますか？」

「へ？　一応、『光の戦士(シャイニングガーズ)』のままですけど――……状況が状況ですので、脱退できますよ」

しますよね？　と、目で尋(たず)ねてくるティナに、勢いこんでグエンが聞く。

「ほ、本当か!?」

普通なら、パーティのリーダーの了解が必要だけど……。

「特例措置(そち)になりますね。珍(めずら)しいことじゃありませんよ。ちなみにリズさんは昨日付けで脱退してますし、ギルド側で不適当と判断した場合は、リーダーの許可は必要ありません」

「そうか、それは助かる――――じゃぁ、」

そっと差し出された脱退届の書類に目を落とし、要項(ようこう)を斜(なな)め読みする。

簡単に言えば、脱退するか否(いな)か、というだけの簡単な書類だ。

チェック項目に印(しるし)をつけ、名前を書くだけの簡単なお仕事。

だが、グエンは少しだけ戸惑う。

レ点をチェックし、名前を記入するところでふと手が止まる。

(…………いい、パーティだったはずなんだよな)

束の間、脳裏によみがえる『光の戦士』にいた日々。

辛いことも楽しいこともあって――――いや、記憶の大半は辛いことで埋め尽くされてしまっていた。

「グエン？　……嫌なら無理に脱退しなくてもいいんじゃない？」

「……いや、ケジメだよ。マナックをリーダーに選んだ時点で、この決断はいずれありうることだったんだ」

だから――――。

「これで、お願いします」

「はいはい――……記載漏れなし。これでオーケーです。お疲れさまでしたグエンさん」

カウンター越しにティナがペコリと頭を下げる。

「おめでとうございます」と言われないだけ、逆に皮肉が利いているようだ。

パーティを脱退したからと言って、今すぐ何が変わるわけでもないが、グエンは喪失感のようなものを覚えていた。

(これからは一人で全部やらないといけないのか……)

掃除、洗濯、買い出し、フィールドでの物資補給に、野営準備…………………あれ？

「いつもと変わらなくね？」

拍子抜け(ひょうしぬけ)する思いに一人静かに笑みを浮かべるグエン。

(なんだ。いったい何に拘って(こだわって)いたんだろうな)

変わることがあるとすれば、クエストを受けたりして魔物と戦闘になった時くらいか。

もう、前衛(ぜんえい)も後衛(こうえい)も遊撃もいないのだ。すべてグエン一人でやらなければならない。

となれば、『光の戦士(シャイニングガーズ)』に戻れない以上、グエンは自分で戦う場面も想定しなければならない。だから、まずは装備を整えるところから始めよう。

そして、できれば仲間も――。

今日、朝イチでギルドのカウンターに顔を出したのもそれが理由だった。

『光の戦士(シャイニングガーズ)』でいられなくなった以上、すべての資金はグエンが賄わ(まかなわ)なければならない。

しかし、グエンは懐が寂しく手元不如意(ふにょい)なのだ。

なにせ、パシリ扱いで冷遇されており、ろくに分け前ももらえなかった。

自腹を切って補給物資を買いそろえることもしばしば。ゆえに、今のグエンの所持金はほとんど0に近かったのだ……。そのために、融資(ゆうし)を受けるつもりだったのだが――。

まさかの、白金貨数百枚の収入！

「それで、買い取りはどうなさいますか？」

グングニルとトリアイナを除いても白金貨５枚以上だ。

「あ。そうですね――」

「グングニルとトリアイナを除いて全部換金してください」

そう言って、書類にチェックを入れて換金申請をすませる。

「わかりました。では、こちらが買い取り金額になります」

ずずい、カウンター越しに差し出される金貨の重さよ。

袋状の財布はサービスらしく、ありがたく貰っておく。

「そして、こちらが鑑定の終わったグングニルとトリアイナになります」

そう言って、二本の長物をカウンター越しに引き渡す――。

カウンターに載せられた長柄武器がギラリと光り輝く。

一本はシンプルな形状の槍、もう一本は凝った装飾の施された銛。どちらも派手さはないが、それだけにかえって業物のオーラを醸し出している。

「へー……いいじゃん、似合うよ。グエン」

「お、おう。ありがとう」

受け取った槍がグエンの体格に合わせて適切な長さに伸縮する。

マジックアイテム由来の特性だ。

それを受け取り、左右の手に構えると――――。す……と、リズに差し出す。

「ん？　なに？」

「いや、分け前――――……リズの欲しい方を持っていってくれ」

「はぁ!?」

第3話「さーて！　新しい門出だ。なぁ、リズ――」

「はぁぁぁ!?　アンタ自分が何言ってるのかわかってんの!?」

ギルド中に響く声でリズが驚いている。

もちろん、カウンター越しに見守っていたティナもだ。

「え？　何か、変か？　仲間なら当然だと思うんだけど……」

パーティで得たドロップ品は山分けが基本だ。パーティによって細部は異なるのだろうが、『光の戦士（シャイニングガーズ）』では、パシリのグエンを除いて、概ね（おおむ）等分が基本とされていた。

だからグエンも特に躊躇（ちゅうちょ）なく、どっちか一本を選べと差し出したのだが……。

「はー……アンタねぇ。もうアタシはアンタのパーティじゃないし、そもそもそれを貰う（もら）ほどのことはしてないわ」

「いや、何を言っているんだ!?　貢献（こうけん）の有無（うむ）じゃないし、リズがいなければ俺はここにいないんだぞ？」

これは本当だ。

シェイラを助けに戻った時、リズが来てくれなければ間違いなくグエンは死んでいた。

いや、それどころか、そのあともリズがいなければグエンはとっくに諦めていたはずだ。

だから――。

「あ、そうか！　リズは長物なんて使わないよな……。換金したほうがいいか。ならちょっと待ってくれ――申請書を作成して、」

「ちょ、ちょちょちょ！　ちょっと待ちなさい！　なんか話が明後日の方向に行ってるけど、そういうんじゃないから！」

　リズは頭をガシガシ掻きつつ、

「……アタシはそれを受け取るわけにはいかない。ニャロウ・カンソーを倒したのは間違いなくアンタの手柄なんだし」

「いや、だから！」

　両者、頑として引かない。

「あのね。命を助けられたのはアタシも同じ。アンタがいなきゃ、今頃３日かけて消化されてドロドロのトカゲの糞になってるわよ」

　そう言って肩をすくめるリズ。

「だ、だけど……」

「だから、ね。貸し借りなし。アタシに助けられたって言うんなら、アタシもアンタを助けられた。それでお相子じゃない？」

　う……む。

「はぁ。納得できないって顔ね。だったら、こうしましょ」

スッと、グエンの腰から、もらったばかりの報酬の入った財布を奪い取るリズ。

それをひっくり返して白金貨5枚のうち2枚を手に取ると、残りをグエンに返した。

「砂漠の魔物の素材代。これを剝ぎ取ったり、運搬するのはアタシも手伝ってるし、その報酬ってことで」

「あ、おう……」

だけど、それだって少なすぎる……。

「それに、そんな伝説の槍とか貰っても困るわよ。女一人の手には余るし、換金だって簡単じゃないのよ？」

「そ、そうだけど……」

釈然としていないグエンの様子を見て、リズはふと相好を崩す。

「じゃ、貸し一つってことで、どう？　グエンに残りの報酬をあげる代わりに、何かあったらアタシの頼みを聞いてよ。それでちゃらにしましょ？」

リズがそれでいいっていうなら――……。

「わかった。何かあったらいつでも言ってくれ。なんでもやる。どこにでもいく――いつでも」

「ふふ。どこでも、いつでも、か。普通の奴が言ったら現実味のない言葉だけど、アンタの場合は本当だから困るわね――あははは」

鈴を転がすような声で朗らかに笑うリズ。

少し前――ギルドから斡旋されて『光の戦士』に来たリズは、つい先日までもっと鋭利な印象で、取っつきにくそうだった。

まるで抜身のナイフのような鋭い視線と、冷たい態度。

しかし、実際は違った。懐を開いたリズは、ダークエルフという種族の違いすら感じさせないほど感情豊かで、優しく勇敢な少女だった。

「……あぁ、本気だ。リズのためなら、命もかける」

「ちょ……。真顔で言わないでよ。照れるんだけど――」

リズが顔を真っ赤にして、もじもじする。

その様子を、ギラギラした目で見ているのはカウンターの向こうの百合野郎。

「ちょっとぉぉ……。ギルド内でのイチャコラは禁止ですよ～」

「うるせぇよ。そんな規則聞いたことないわ――つーか、イチャイチャしてねぇ！」

「い、イチャイチャだなんて――」

きゃー！　といっそう顔を赤く染めて顔を覆うリズ。それに対して、

ギギギ……と、歯ぎしりしながら顔を暗く染めたティナがグエンを睨む。

そんなこんなで平和な一日が始まる――……。

「なぁ、リズ」

「ん～？　なに？」

パーティを脱退し、一人になってしまったグエンと、元から一人だったリズ。

だから、グエンはあまり気負うことなく話すことができた──。

「な、なぁ、もし……その、いやじゃなかったら──」

「ほむ？」

あっと……。んーむ。

こんな風に誰かを勧誘するのは『光の戦士（シャイニングガーズ）』結成以来だな──。

（どうにも照れ臭いな。まるで、ナンパでもしている気分だ……。まぁ、したことないけど）

リズはいつもと変わらぬ様子でグエンの言葉を待っている。

──ええい、ままよ！　一世一代（いっせいちだい）の告白劇。

「──お、俺とパー」

「え？」

ガチャ──。

「あ、お帰りなさいマスター」

黒い顔で睨んでいたティナが一瞬で営業スマイルを作り、受付の顔で上司に声をかける。

そして、たまたま従業員用の奥の扉からギルドマスターが顔を出したために、グエンの言葉が遮（さえぎ）られた。

そして、ギルドマスターとその背後に連なる人物たちの顔を見て──……。

「な、なんで？」

胸騒ぎがするグエン。

ポツリと漏らした言葉が虚しく響く。

そして、ニヤリと笑う、奴のあの顔――――！

（あ、あいつ等……！）

その顔触れを見た途端、胸に苦いものが溢れるグエン。

そしてその予想どおりに、このあとグエンはトンデモない出来事に巻き込まれることになるのであった。

第4話「なんだと……！　なんでお前らがここに――――？」

「マスター!?　お帰りなさい……えっと、随分早かったですね??」

ティナが怪訝そうな顔でギルドマスターを見ている。

彼女からすれば、業務上の決裁権者なので遅くなられるよりは当然、早いほうが望ましいはずなのだが……。

「うむ。急ぎの連絡があってな――――本部の用を中断してきた」

「は、はぁ……？　いいんですか？　定例会議だったんじゃぁ……」

ジロリと睨むギルドマスターの剣幕に、ティナが「うっ」と仰け反り、すごすごと引っ込む。

だが、ティナだけでなくほかの職員もどうやら怪訝に思っているらしい。

なぜなら――――。

「よぉ、グエン」

「あら、おはようございます。グエンさん」

「へっ。パシリは早起きで当然さ」

「……しょぼ――ん」

昨日、泡を吹いてぶっ倒れていた三馬鹿プラス、チビッ子で恩知らずの計4名が、一人を除いて意気揚々とやってきたのだから。

そりゃあ、ギルド中が疑問だろう。昨日の経緯を見ていた冒険者たちもザワザワと騒ぐ。

幸いにして朝という時間帯故まだ人は少なかったのだが、それでもそれなりの人だかりができる。

一方で気やすく声をかけられたグエンは眉根を寄せてマナックたちを睨む。

さっき脱退したばかりだというのに、まだ手下のパシリ扱いをしてくるマナックたちにいやな気分にさせられた。

せっかく、やり直そうと思っていた矢先だけに、出鼻をくじかれた気分だ。

「てめぇら、捕まったはずじゃ……？」

当然の疑問に、ギルド中がうんうんと頷いている。

「は！　誰が捕まるもんかよ」

「うふふふ。ただの手違いですわよ。グエンさん」

ニィと笑うマナックたち。

だが、半ば予想していたことでもある。

(やっぱり、あれで引き下がるはずもないか)

「それはそうと、昨日は随分世話になったなグエン――」

チッ……！

「あぁ、昨日ぶりだな」

「ふん…………」

無視するのもどうかと思ったので一応声を返すが、隣にいたリズはあからさまに無視している。

それどころか、鋭い目つきを一瞬、彼らに向けると、まるで敵だと言わんばかりに暗殺者の本領を発揮してスゥ……と気配を絶ってしまった。

そのまま目立たぬ動きで人影に紛れる。

「は！ご挨拶だな……。『おはようございます、マナックさん！』――だろうがよぉ!!この腐れパシリ野郎が」

ペッ、と反吐を吐いて、マナックがよたよたとグエンににじり寄る。

それを無感動な目で見ているグエン。

(なんだ。パーティを抜けたら、よーく見えるな――こいつがどんなに小者だったのか、が)

今まで、なんでこんな奴の言うことを聞いていたのか自分でもわからないくらい。思わず、マナックの小者ぶりと醜悪な態度にグエンはニヒルな笑みを浮かべてしまった。

「んっだ、ごらぁ！　何がおかしんだ、テメェ!!」

　何がおかしいって？

「お前のチンピラっぷりがだよ、マナック」

「あぁ!?　もう一回言ってみろッ！」

　思わぬグエンの反撃に、カッと頭に血の上ったマナックがグエンに摑みかかろうとする。

　だが、敏捷９９９９のグエンがそんな見え見えの動きに捕まるわけがない。

　光速移動するまでもなく、スィとマナックの手を躱すと同時にトンッ！　と足を突き出す。

　たったそれだけの動きで、マナックが足を引っかけ無様にスっ転ぶ。

「あ……ぐあッ!!」

　ドターン！　と、みっともなく頭から転んだマナックが顔を真っ赤にして起き上がると剣を抜こうとする――――が。

「てめぇぇえ!!」

「落ち着けよー。ギルドでの私闘はご法度なんだろ？　あ!?」

「う……」

　槍をくるりと返して、石突の部分で剣の柄頭を押さえるグエン。

　それだけでマナックの剣はびくともしなかった。

筋力に物を言わせて抜こうとすればグエンの力では押し負けるのだろうが、ここにきてようやくマナックも冷静さを少し取り戻したらしい。

「ち！　今のは必ず倍にして返してやる」

「勝手に転んだんだろうが？　そうでしょう、マスターさんよ」

胡乱な目つきでギルドマスターを見るグエン。

その目を見て、ギルドマスターが怪訝そうな顔をする。

「あ、ああ。そう、かもな……。いや、それより、お前……グエンだよな？」

「当たり前だろう？　他の誰に見えるんだ？」

「い、いや……おう」

おそらくギルドマスターの記憶の中にあるグエンはパシリとして、いつも低姿勢でヘコヘコしている人物として記憶されているはずだ。

このギルドとの付き合いはさほどでもないが、人の情けない姿は存外記憶に残るものだ。

「で――ギルドマスター直々に何の用ですか？　犯罪者連中と一緒にいるだなんて、ただならぬ様子ですねー」

挑発するようなグエンの口調に、

「あぁ！　誰が犯罪者だ！」

「ちょっとグエンさん！　人聞きの悪いことを！」

「おい！　てめぇ、誰に口きいてんだ!!」

「は、犯罪者……」

まぁ、わかりやすく反応してくれる『光の戦士（シャイニングガーズ）』の面々。シェイラに至（いた）っては半泣き顔だ。

「そう言うな、グエン。ちょっとした誤解を解いておきたいという話があったから聞いていただけだ」

はぁ～ん、誤解ねぇー。

「そうですか。それはご丁寧（ていねい）なことで――ティナさん、あとは任せましたよ。俺も次を見越して活動したいんで」

「そうはいかん。グエン――お前やっちまったな？」

あ？

第5話「なんだと……！　そーいう手を使うつもりか!?」

あ!?

――やっちまった、だあ!?

「おい、なんの話――」

「マナックたちに話は聞かせてもらった。そのうえで総合的に判断させてもらったが――……」

スッ、とギルドマスターが懐から取り出したもの。

それは昨日ティナから聴取されて作った、事の顚末を記した調書だった。

そう。

グエンの分と、マナックたちの分の二部——。

それを————……びりびりびり!!

「これは、荒唐無稽な法螺話として、どちらも記録に残さないこととする」

「な！　てめぇ!!」

「マスター!?」

グエンは驚愕し、ギルド職員たるティナは非難するように声を上げる。

慌ててカウンターから駆け出してきたティナが、ボロボロになった書類をかき集めているが、それをぐしゃぐしゃと踏み散らすギルドマスター。

「ティナ。お前はもう少し有能な人間だと思っていたんだが——……がっかりしたぞ」

ふんと鼻を鳴らしたギルドマスターは、とどめとばかりに書類を蹴り上げバラバラにしてしまった。

「あああ！　なんてことを!!　正規の書類ですよ!?」

「はっ！　馬ぁ鹿を言うな。この雑魚の冒険者が一人で魔王軍の四天王の一角を撃破したなんていう法螺話を、本部に送れるわけがないだろうが！　——あぁそうだ。こいつもついでに、」

びりびりびりびりびりびり!!

「そ、それは！　マスターなんてことを!!」

ティナがギルドマスターの腕に飛びつき阻止しようとしたもの――……それはグエンのSSSランクへの昇級上申書だった。

書類の体裁は完璧。

あとは、同レベル帯の冒険者の推薦か認定、そして、ギルドマスターらが決裁し、本部に送れば――晴れてグエンはSSSランク……。

その段階まで来ていたもので、冒険者なら誰もが欲するものだった。

「ふん。……こぉんなものを冒険者ギルドの本部連中が見たら、俺は一生笑いものだ。もう一度やり直せッ！」

腕に縋りつくティナをドンッ！　と突き飛ばすギルドマスター。

その様子にグエンはカッと頭に血が上るが、すぐ近くでより強い殺気を感じてグエンのそれが委縮していく。

チラリと視線を向ければ、冒険者の陰に移動して気配を絶っていたリズが口の端から血を流しながらギルドマスターを憎悪のまなざしで睨んでいる。仲の良いティナが暴行を受けたことに、彼女にしては珍しく怒りの感情をあらわにしているのだろうか？

しかし、その様子に気づかないギルドマスターを含め、マナックたちもゲラゲラと笑い声をあげている。

昨日までは「「あばばばば」」とか言ってたくせにこの豹変っぷり。

ここまでくればグエンだって気づく。

「……ギルドマスターを抱き込みやがったか」

なるほど。

金か権力かレアアイテムか何か知らないが、マナックたちはギルドマスターを買収し、隠蔽工作を図っているらしい。いや、この様子だともっと酷いかもしれない……。

「衛兵隊は――……無駄か」

街の名士たるギルドマスターが身元引受人になったのだろう。

法に従う衛兵隊なら、法に則って正規に手続きを踏まれれば、それに従わざるをえない。

身元引受人が、正当にそーなったかはまた別の話だが。

「抱き込まれただ!? なんだぁ！ まるで、俺が買収されてみたいな言い方だな？」

「違うのか？」

ビキス！ と額に青筋を浮かべたギルドマスターがガッチムチの筋肉をひけらかすように腕を組み、グエンを見下ろす。

「馬ぁ鹿を言うな。総合的に判断したと言っただろう。……お前ひとりで魔王軍の四天王の一角を倒したなどと言って誰が信用するんだ。ああん？」

ギルドマスターも、頑として譲らない。

たしかに、グエンの報告書は荒唐無稽に過ぎるが――……それにしたってマナックたちの悪行が消えてなくなるわけではない。

グエンの功績だけでなく、マナックたちのしでかしたことも同時に消すとなれば、これはもう買収されていると思って間違いないだろう。

本来、グエンの功績に疑問があるなら、ギルドマスター自ら再聴取を行えばいいだけのこと。

そのための決裁権だ。

当然、その中にはマナックたちの調書も含まれており、再聴取すればグエンたちを見殺しにしたという事実が浮き彫りになるはずなのだが――それをしない。

つまりは、そういうこと――だ。

「倒したと言っているだろう。それが事実だ。これが証拠だ」

そう言ってグングニルとトリアイナを突き出すグエン。

「ふん！　それが例のレアアイテムか――マナックたちから奪ったそうだな」

「ああ!?」

こいつは何を言っているんだ？

「それに、魔物のレア素材も勝手に売却したと聞いている――今日付けで、勝手に換金もしたらしいじゃないか」

「当たり前だ。これは俺が……。俺がリズとともに入手したものだ！」

グエンはそう訴えるがギルドマスターは鼻でせせら笑う。

「ふふっ。くだらない嘘はよせ。『光の戦士』でドロップした品だろう？　それが何でお前の手にある。お前は！　ついさっき脱退しただろうが――」

「ぐ……！　そ、それは……！」

くそ！

こいつ等、このタイミングを狙っていやがったのか⁉

思わずティナを見るが、彼女は違うと否定するように激しく首を振る。

(そりゃそうか……。ティナがマナックたちとグルなら、昨日の時点でグエンの報告は握りつぶされている)

「――つまり、それは『光の戦士』のもので、換金したものもすべてマナックたちのものだ。……何か間違っているか？」

こっの野郎――――‼

第6話「なんだと……！　君は一体……⁉」

――それは、すべてマナックたちのものだ。

「こ、こっの野郎――――‼」

いきなり横からしゃしゃり出るギルドマスターに、グエンも苛立ちを隠せない。

おまけにドロップ品と換金したお金をすべてよこせと言いやがる……！

「ふっざけんじゃねーぞ！　これは俺とリズのものだ。そして、ニャロウ・カンソーは俺たち二人で倒した！」

「は！　それを誰がドーやって証明するんだよッ！　使えないパシリと得体の知れない新人の証言が当てになると思ってんのか？」

頭にカッと血が上るグエン。

無茶苦茶な理論なのに、反論ができない。

「な、なら！　ニャロウ・カンソーの首は!!　あれがあれば討伐証明になるだろうが!!」

「あぁ、そうだな。立派な功績だ。──魔王軍四天王の一角を倒したということで……。マナック、近日中にSSSランクへの昇級を約束しよう」

な、に…………！

「マナック、たちが……昇級だと？」

「当然だろう──見事ニャロウ・カンソーを仕留めたんだ。客観的事実に基づいた当たり前の話さ」

こっの！　どの口で客観的だとかほざきやがるッ！

「さ。今から、上申書を作るんでな──まずはそいつをマナックたちに渡せ。それから、」

ニヤァ……と笑ったギルドマスター。

そしてそれに追従笑いするマナックたち三馬鹿。

……唯一シェイラだけはギュッと目をつぶっていたが、この場で抗議の声を上げないなら、連中と同類だ。

「――そうそう。……あとで、お前の罪に関しても――なんらかの処分を考えないとな」

「な!? 罪……だと?? お、俺が何をしたっていうんだ!」

突如、自分の身に降りかかってきた青天霹靂の事態にグエンが仰け反る。

だが、ギルドマスターは容赦しない。

「何をした? …………何もしなかったからだろうが! 聞いているぞ。ニャロウ・カンソー討伐戦では散々足を引っ張った挙句、シェイラを囮にして逃げ、その隙に『グングニル』と『トリアイナ』を奪って逃げたとな」

…………は??

「馬鹿な!! おい、シェイラ!! お前――……」

ビクリと震えるシェイラだが、グエンの詰問には答えず――魔法杖を抱くようにしてギューと目をつぶってしまった。

「もう何も聞きたくないッ」とばかりに耳まで押さえて。

(く…………ガキに期待しても無駄か)

ものすごい形相でシェイラを睨んでいる自覚があるが、首を振ってどす黒い感情を押し隠す。

だが、

「…………シェイラ。これで何度目だ――お前は俺をすでに三度裏切った」

一度目はニャロウ・カンソーから逃げるとき、

次は、マナックたちと口裏を合わせたこと、
極めつけは、先日の調書作成時に魔法でのステータスの偽造。

それまでのパーティでの狼藉を考えれば、どれほどになるか……。

そして、今日のいま……だ。

「ひぅ……！」

耳をふさいでもグエンの声は聞こえるのだろう。ブルブルと震え、俯く。

「ふん。次は子供を脅すつもりか？　本当にお前はクズだな。そして、とことん救えない奴だ。……いいからそれをよこせ」

そう言ってグングニルとトリアイナをよこせと手を突き出すギルドマスター。

だが、グエンが「はいそうですか」と言って従うはずもなし。

しかし、ギルドという組織を背景に絶対的優位に立っていると確信しているギルドマスターはふんぞり返って大声を出す。

「強情を張るな！　今すぐ、お前を衛兵に突き出してやってもいいんだぞッ！　換金した金もだ！　さっさと、よこせっ！」

ギルドマスターは、グエンが握りしめている槍と銛ではなく、グエンが腰につけていた袋状の財布を引ったくる。

その拍子にジャリン♪　と小気味のいい音が響いて、マナックたちが歓声をあげる。

「ひゅ～！　白金貨５枚に、金貨５５０枚！　ひゅ～!!」

「うふふふ。神は黄金色を好むわぁ。うふふふ♪」

「ひゃは！　すげぇぇぇぇえ！　大金だぜぇ！」

「あ、あの……。み、みんな——」

シェイラを除く三馬鹿が、歓声をあげてギルドマスターから財布を受け取ろうとして——。

「ん？　なんだ、少し軽くないか？　………あぁ⁉　こ、これは‼」

違和感に気づいたギルドマスターがグエンから奪った財布を開くと予想よりも少し少ない。

一番大きな財布の金貨５５０枚はともかく、小さな財布に入れられている白金貨５枚の重さをそうそう間違うはずもない。

慌てて財布をひっくり返すと——……。

「おい、グエン‼　白金貨２枚はどこだ！」

チャリン♪　と、澄んだ水音のようなお金の音を立てて転がる白金貨。

しかし、小汚いギルドマスターの手の上で躍るのは、白金貨３枚だけ………。

「ふん………誰が言うかよ」

目線でバレないように、さりげなくリズの姿を捜すも、彼女の姿はすでに察知できなかった。

騒ぎが始まって以来、ずっと気配を絶っているのだ。

もしかするとこうした事態になるのを予測してすでにこの場を去っているのかもしれない。

……それならそれでいい。

リズまで巻き込むつもりはグエンには毛頭なかった。

「おい！　さっさと言え――――横領罪で、ぐぁぁああ!!」

グエンの胸倉を摑んでいたギルドマスターが突然、片目を押さえてたたらを踏む。

そのあと、奴の目にめり込んだ白金貨がポロリと落ちて、キィンキィンキィイイィン♪　と澄んだ音を立てて転がった。

それは、白く輝く金以上の希少金属の硬貨で……。

…………白金貨？

「ま、まさか」

そんな大金を持っている人間なんてそうそういないはず……。

「…………さっきから黙って聞いていたけど、随分言いたい放題じゃない？　辺境都市の冒険者ギルドを預かるマスターさん」

そう言って冒険者の間から出てきたのは、さっきまで成り行きを見守っていたリズだった。

だが、いつもの彼女とは全く様子が違う。

それは、暗殺者でも、グエンの仲間だった頃のそれでもない。

どこか……事務的で、冷たささえ感じさせる様子で顔を見せたリズ。

逃げたと思っていたくらいなのに――どうして？

どうして、今!?

「り、」

こんなリズはグエンも知らない。

り、リズ………？

第7話「なんだと……！　まさか、リズが!?　いや、だからって……」

「まったく、黙って聞いてりゃ言いたい放題——。ほーんと、公益通報のとおりだったわね。それにしても——」

ジロリとマナックたちとギルドマスターを睨みながら、リズは小柄な体躯であるにもかかわらず圧倒的な迫力を纏い、冒険者の人ごみを割って、ゆっくりと現れる。

（り、リズ………？　だよな??）

とっくに逃げたとばかり……。

「り、リズ！　出てくるな！　こ、ここは俺に任せて、お前はすぐに街を離れろ」

グエンは苦々しく顔を歪めつつも、せめてリズだけは庇わねばとマナックやギルドマスターの前に立ちふさがる。

だが、

「あらどうして？　アタシは冒険者——誰ともパーティを組んでいないし、行動の束縛を受ける謂れはないわ」

「――ッ！」

リズに突き放すように言い返され、グエンの顔にさっと朱が奔る。

（そ、そんな言い方しなくても……。だけど、そうか――）

そうだった……。

リズとは元仲間同士。たまたま、所属が同じだっただけだ。

二人とも好き好んでパーティを組んだわけでもなし、先日はやむを得ず手を組んだだけ……。

そして、今はお互いソロで、もはや何の関係もない――。

「――それにグエンは勘違いしているわね」

は？

「か、勘違い……？」

「あのねぇ。……な～んで、アタシがこいつ等相手にビビって逃げなきゃならないのよ。むしろ――」

ニッコリと、闇を纏った表情でリズがギルドマスターを含めてマナックたちを睥睨する。

「――こいつ等こそ、ビビってしかるべきなのよ。こんな不正も不正、しかも半恐喝の現場をアタシに見られちゃったらね～」

「な、なんだと？　だ、誰がお前なんかにビビるか――」

ギルドマスターは気分を害したように顔を歪めると、リズの胸倉を掴まんとして肉薄するが、
彼女はスッと最低限の動きでその手をかわす。

そして、

「アンタの行動の良し悪しはともかくとして、マナックたちの一件は先日の騒動で丸く収まると思ったんだけどねー。まっさか、アンタ自らが蒸し返すとは思わなかったわ」

ギルドマスターの手をパシリと払いのけると、そのままフワリと舞うように飛び、テーブルの上に音もなく着地。……そのまま、ギルド全体に向かって一礼。

「結構……。実に結構よ」

パチパチと乾いた拍手。

誰もがその意味するところがわからず、しばし硬直する――。

「んまぁ、いい機会だから、勝手にベラベラ喋ってくれるのをずっっっと待っていたのね、マスタぁ！」

リズのじっとりと甚振るような目つきに剣呑なものを感じたのか、ギルドマスターが一歩後ずさる。

「な、なにぃ？　な、ななな、何を言ってるんだ!!　たかが、ダークエルフの小娘が!!」

「そーよぉ。アタシはダークエルフ。まつろわぬ民の末裔にして、暗殺者一族。そして、グエンの調書の裏付けをとれる、元『光の戦士』の偵察員。そして――」

バサリッ。

リズが身体に纏う薄い防具兼ボロボロの首巻を剝ぎ取った――。

「な!!」

「そ、それは────……!!」

ギルドマスターと、マナックが同時に驚く。

「──そして、マナックたちに囮にされ、…………グエンとともにニャロウ・カンソーを撃破して生還した冒険者ッ!!」

「うそ……！　そんな、まさか──」

「え……す、SS──」

レジーナとアンバスがパッカーと口を開ける。二の句が継げぬとはこのことか。

なんとか言葉を継げたのはシェイラだ。

彼女は呆気に取られつつも、その豊富な知識の中からひとつ──。

「ぷ、プラチナとミスリル合金製のライセンスプレート！　ま、間違いないよ。ほ、本物の……ギルド最高峰の──」

そこに刻まれたルーン文字の『S』が3つも躍り、
キラリと輝くそれを、シェイラが読み取った……。

「し、至高の冒険者ッ────!!」

ワナワナと震えるシェイラ。

全員の視線の先には、

──チャリン……♪

リズの首元に燦然と輝く、冒険者ライセンス。

「ふふっ♪」

涼しげに笑うリズと、
彼女の首回りで輝いている、栄光の証があった――。

それは紛れもなく、ギルド最高位の冒険者を示すもの。

だから、グエンは思わず叫ぶ――!!

「え、SSSランク冒険者ぁ!?」

第8話「なんだと……！　リズ――……さん、敬語で呼んだ方がいい？」

え、SSSランク冒険者!?

……り、リズが!?

ま、
ま……。

「ま――」

「「「マジか――――!!」」」

その瞬間、ギルド中がドワァァアア！　と沸き返った。

驚愕のあまり、多くの冒険者が仰け反りひっくり返る。
なかには泡を吹いているものまでいる始末。
それほどにSSSランク冒険者は希少で、滅多に人前に姿を現わさないという。
つまり、それはもはや、伝説……。国によっては「勇者」と称えられるほどだ。
──その伝説の存在が、今まさにここにッッ!!
「嘘だろ……リズ」
「ゴメンね、隠してて──」
少し寂しそうに笑うリズ。
ティナだけは何やら訳知り顔で「うんうん」と頷いている。
そして、グエン糾弾の場から一気に形勢はリズ側優位に傾く。
名声、実績、そして何より──……真実。その中心には、紛れもなくリズがいて。
ほんのひと時だけ冒険を共にした少女がいて、この場のすべての空気を圧している。
さすがは、世界中にほんの一握りしかいないと言われるSSSランク冒険者の威容だ。
一部の有名な冒険者を除き、極力露出を控えている真の実力者たち──……。
SSSランク冒険者。二つ名を「隠密のリズ」
……それが彼女の持つ、もう一つの顔であった。
そして、
「う、うっそ、だろ……。き、聞いてねぇぞマナック!!」

ギルド中の喧騒を尻目に、ギルドマスターが顔を真っ青にしてマナックに摑みかかる。

「お、俺も知らねぇよ!! そんな馬鹿な!? ……か、加入時には、SSSだなんて一言も……! いや、それよりも、なんでアンタが知らないんだよ!?」

マナックの言うことも、もっともである。

ギルドから斡旋された冒険者にも拘わらず、辺境のとはいえギルドマスターが知らないとは。

「バッカいえ!! 調べたに決まってんだろぉ!! 稼ぎ頭のお前のとこのニューフェイスだぞ！」

「なら、なんで!!」

「俺が知るかぁぁあ!!」

「お前が知らねぇで、誰が知るんだよ!!」

二人でギャーギャー！

その陰でこっそりティナが手を振り振り、なにやら黒い笑み。

思わぬ展開に、お祭り騒ぎのようにヤイのヤイのと沸き返るギルドの中で、仲間内で喧嘩を始めた『光の戦士』たち。

しかし、そんなお寒い喧嘩を見逃すリズではない。

「どう？ これでグエンの話が、荒唐無稽な作り話じゃないってわかったんじゃないかしら？ このアタシが見たもの——そして、彼とともに戦い、彼とともに生還したわ」

クスっ。と、どこか妖艶な笑みを浮かべたリズがない胸を張ってギルドマスターを見下すように見る。

「少なくとも、アンタが支持する、そこの卑怯な腰抜けどもとは違うわよ――」

リズはグエンに優しげな視線を送り、小さくウインク。

それだけで、彼女が味方であると確信できたグエン。

（り、リズぅ…………！）

だが、

「だ、黙れぇ!!　SSSランクだか、なんだか知らんが――そんなのは身分詐称だ……！　ギルド登録を誤魔化すなんて許されると思ってんのかぁぁああ！」

ギルドマスターはそれでも食い下がる。

「そ、そうだ!!　身分を誤魔化していた奴の証言なんて、信憑性があるとでも――」

マナックも追従し、ここぞとばかりに反撃しようとする。

「はぁ～……。筋肉だけ鍛えるのも結構だけど、この先、頭まで筋肉じゃ困るわよ――ま、もう……」

「――先はないけどね」

クスリと、鼻で笑うように言い切るリズ。

「なん、だと……！」

「ど、どういう、意味だ!!」

余裕を崩さないリズに、ギルドマスターとマナックが表情筋を引きつらせながら彼女に迫る。

「どうもこうもないわよ。わざわざ身分を隠してパーティに潜入した意味がまだわからない？」

「な、に？」

「潜、入……？」

リズの言葉に思わず顔を見合わせるギルドマスターとマナック。

そして、

「――ま、まさか……。アンタ」

わなわなと震えているところを見るとレジーナだけは勘づいたようだ。

だが、ほかのものは誰一人として気づかない。

気づかないのだが……。

「あーら、さすがは枢機卿。オツムは悪くないらしいわね。……伊達に教会の権謀術数のなかを生きてきたわけじゃないみたい、ね」

クスクスクス。

それでも余裕を崩さないリズに、レジーナがガクンと膝をつく。

そのまま、顔面蒼白になり、ずるずると後ずさる。

「い、いやよ……！　いや！　違う、私は違うの!!」

「ど、どうしたんだよ、レジーナ！」

わななくレジーナにマナックが声をかけるが聞こえていない。

リズはさらに追撃するように――。

「アンタも相当よね――。修行だか何だか知らないけど、教会信者を使って、裏であれこれと……」

「違う!!」

「違わないわ」

フルフルと首を振るレジーナにリズは言い切る。

「そ、そんなぁ！　なんで、アンタみたいな――――！」

「レジーナ！　や、奴は何者なんだ!?」

「レジーナぁぁあああ！」

マナックとギルドマスターが恐慌状態に陥ったレジーナの胸倉を掴んで叫ぶ!!

すると、

「――ぎ、ギルドの…………」

口をわななかせながら、レジーナは言う――。

「ぎ、」

「「ギルドの??」」

「……か、」

「「「か？」」」

か、ってなんだよ？　と、ギルドの皆が疑問に感じたとき。

「監察官――……！」

「ご名答――！」

そう言って、スッ……と足を一歩引き、執事のように優雅に一礼。

そして顔を上げると、ニィィと酷薄に笑うダークエルフの美少女がいた……。

第９話「なんだと……！　クズばっかじゃねーか！」

冒険者ギルド内部調査担当、監察局。

通称：「監察」。

それは、ギルド内部の不正を調査し、真相を徹底的に追求し、必要に応じた処分を下すことで、その規律保持を図る組織である。

構成員の数は不明で、ギルドトップの直属でありながら、その統制を完全に受けているわけではない独立組織だ。

良くも悪くも独善的。

ギルド職員はもとより、冒険者たちの不正にまで目を光らせているという。

いわば、ギルド内の超法規的組織。

冒険者Gメン。

そのメンバーには、外部から雇った腕利きや、金で動く傭兵なども揃えているという。

そして、ギルドマスターは、その名称を聞いて、顔を引きつらせる。

そのままペタンと尻もちをつくと、口をわななかせながら――。

「か、監察だとぉ……!?　ま、まさか――お、俺をぉ!?」

まるで、化け物に出会ったかのような顔でリズを見上げるギルドマスター。

だが、彼の懸念をよそに、リズは小馬鹿にするように彼を見下ろすと、

「んなわけないでしょ。誰もアンタみたいな小者なんて相手にしてないわよ」

「んな!?　こ、小者だとぉ！」

たちまち激昂するギルドマスターであったが、リズの冷たい視線を受けシオシオとその態度を収めていく。

むしろ相手にされないことをこそ、喜ぶべきなのだ。各地のギルドを渡り歩いてきたギルドマスターなだけに、監察の恐ろしさは身に染みて知っているはずだ。

「――ふん。ま、監察が入るまでもなく、アンタなんて業績の悪さから、ほっといてもいずれ降格なんじゃない？」

「な、ななな、なんだとぉ!!　言わせておけばぁ！」

反射的に口をついて怒声が出るギルドマスターであったが、リズは頓着しない。

「ま……。今回の一件を見逃すほど、アタシは甘くはないけどね」

「く……！　こ、このガキぃいいい……！」

ギリギリと歯ぎしりするギルドマスターだが、現状ではリズに歯向かうことはできない。

ギルドマスター自身には、リズに敵うほどの戦闘力はなく、
そして、戦力として期待できるはずの、子飼いのマナックたちも呆気に取られて腰を抜かしているからだ。

「な、なら……。ならば誰を――……はっ!?　ま、まさ、か………！」

ようやく合点のいったギルドマスター。

反射的に振り向いた先には、マナックと仲良し三人が肩を寄せ合っている。

「そ。そのまさか、よ――……SSランクパーティの『光の戦士』さん方ッ」

「な!?」

「く……!?」

「へ？」

マナック、レジーナ、アンバスは三者三様違った反応。

それでも、主要メンバーたるレジーナは、リズのいわんとするところを理解していた。

「ど、どういう意味だ？　レジーナ……」

「はぁ？　まだわかんないの、この馬鹿ぁ！　アイツはギルド内部のスパイよ！　スパイ!!

リズはねぇ、一般の冒険者やギルドメンバーの裏切り者なのよ！　薄汚い監察の犬なの!!　く、くそぉぉ、昨日の時点で逃げていれば――」

「あらぁ、スパイだとか、裏切りだとか人聞きが悪いわね――不正も不正だらけのアンタたちに言われると、なお気分が悪いわ」

吐き捨てるように言うリズに、マナックまでもが激昂する。

「な、なんだとぉ！　黙って聞いてりゃ好き勝手言いやがって!!　俺たちがいつ不正をしたってんだ!!」

マナックは事態を完全に把握(はあく)しているわけでもなかったが、それでも果敢(かかん)に反論しようとする。

彼らのプライドが許さないのだ。

――そうだとも、
マナックたちがバレるような不正をするはずがない。

グエンだって、それ(マナックたちの不正)を聞いてもピンとこなかったくらいだ――。

リズは、一体どんな根拠があって……。

「まったく……」

やれやれと肩をすくめるリズ。

「――アタシが証拠も揃えずに糾弾(きゅうだん)するとでも思ってるの？」

呆(あき)れ顔のリズ。

だが、これで引き下がるならマナックではない。

なんたって、マナック。どこまでもマナックだ！

「うるっせぇえ!! テメェが『監察』だとかなんだとかいうなら、まず証拠を見せろター――コ！」

「はぁ……。ま、こういうやつらよね」

呆れた様子を隠しもせず、薄く笑った顔で、そっと懐から取り出した一枚の書状。

それはリズの胸元から取り出されたのだが、彼女はチッパイゆえ、きっと今まで隠すのが大変だっただろう――ギロ!! おっと、げふんげふん。

スー………と、取り出したるは――。

「「そ、それは!!」」

ギルドマスターとレジーナが同時に驚く。

視線の先にあったのは、つらつらと文字が連ねられた一枚の羊皮紙。

タイトルはシンプルに、『監察官外部委託書』。

つまり、ギルドから正式に依頼された監察官であることを、書面にて明らかにするもの。

リズが外部から雇われた監察官であることを、書面にて明らかにするものだった。

「ふふふ。驚いてるようね――。でも考えてみなさいな、『光の戦士』は、腐っても……いえ、腐ってるSSランクのパーティ。ギルド内から潜入調査員を送ろうにも、さすがにSSランクの冒険に付き合える要員がいなくってねー」

で、

「――で、そーいうときに、アタシみたいなSSSランクが雇われるのよ」

クルクルと書状をまるめると、再びチッパイの間に――……入らないので服に押し込むリズ。

ギロッ!!

「あとは、そーねぇ。言い逃れしたかったら、どうぞお好きに？　もう、とっくに証拠は押さえてあるから」

そう言って腰の後ろの雑嚢（ざつのう）を示すと、『光の戦士（シャイニングガーズ）』が所有する会計記録や、なんやらが記された紙束がぎっしり。

彼女がちらっと見せたその紙の表面をサラッと見ただけでグエンにも理解できた。

これまでに『光の戦士（シャイニングガーズ）』が達成してきた依頼の数々に隠された不正の山!!

一見したところでも、一部のギルド職員と結託（けったく）して依頼の難易度を操作したり、他のパーティから手柄（てがら）の横取りをしたりと、まぁたくさん……!!

それが何枚もの紙に綴（つづ）られているのだ。

それだけにリズの調査能力の高さと、
なによりも、『光の戦士（シャイニングガーズ）』が、かなり以前から目をつけられていたことがわかる。

「うぐぅぅ……」

マナックもその書類に気づき顔を青くする。

「わかったら、大人しく沙汰（さた）を待ちなさい。そして、アンタも――」

ジロリとギルドマスターを睨（にら）むリズ。

だが、ギルドマスターは少々諦めが悪かったようだ。

リズに睨まれ、一度はその視線に弾かれたように背筋を伸ばすギルドマスター。

その様子を満足げに見つつ、

「ごめんね、グエン——騙してたみたいで……」

本当にすまなさそうにリズが頭を下げる。

「い、いや……別に」

「うん………今だから言えるけど、アタシは最初、アンタが主犯だと思ってたの。なにせ、ギルドの下調べなんかはやってたの全部アンタだし——」

あー……うん。

そう思うわな。

「でも、違ったわ。アンタは最後まで誠実だった。普段馬鹿にしてくる女の子を助けるために身を挺することもできるし——」

その言葉にシェイラがビクリと震える。

「自分が傷ついても、アタシのために命をかけてくれた——……だから、謝らなきゃ」

「いや、い、いいさ！　そんなこと——」

そうだ。そんなこと——……だ。

グエンは、リズに恩義を感じている。

リズはグエンを守ってくれた、

いつかも、あの時も、そして今も――――……！

「――本当は黙ってるつもりだったのよ。証拠は揃ってるし、昨日のままなら彼らは衛兵隊に拘束されて遠からず裁かれると思ってたから……」

でも、違った。

「だから、これはアタシのミス――落ち度、」

実際は、マナックかレジーナが保釈金を払うなりして、釈放されたのだろう。

そして、反撃に出たと――。

「――でも、結果的にこのギルドの膿も出せたわ……」

ジロリとマスターを見るリズ。

「うぐぐぐ……き、き、きっさまぁ――！」

膿と呼ばれたギルドマスター。

額に青筋を浮かべたギルドマスターが、親の仇でも見るような目でリズを睨んだ。

その目は赤々と燃えており――……。

「かくなるうえはぁぁあああああああ!!」

第10話「なんだと……！　やっぱりこうなるわなッ!?」

——かくなるうえはぁぁあああああ!!

「者ども!!　出会えッ出会えぇぇぇぇ!!」

ざわっ！

ざわっざわっ……！

「で、出会え出会えぇ？　って、俺らのことか？」

「何言ってんだ、このクソマスターは⁉」

冒険者たちが互いに顔を見合わせる。

そりゃ、そうだろう。

冒険者は冒険者。べつにギルドマスターの手下でもなんでもない。

出会えと言われて、出る筋合いなどないのだ。

「く……こいつら！　——あ、おい、まずはテメェらの仕事だろうが！」

突如態度を豹変させたギルドマスターに冒険者たちがざわざわと騒ぎ始める。

そこに、「テメェら」と呼ばれた連中がゾロゾロと現れた。

そいつらは、いかにもチンピラといった風情の冒険者たち。

たしか、このギルドでも中堅クラスのパーティ。

噂ではギルドマスターがかかえる複数の子飼いのパーティだとか。

「おいおい、マスターさんよー。さすがに監察に手を出すのはまずいんじゃないか？」

「そーそー。やばい一件なら、いつもお世話になっているとはいえ、遠慮させてもらうぜ？」

ひっひっひっひ！

ぎゃははははは！

と品のない笑い声をあげる連中を、小馬鹿にしたようにギルドマスターは宣う。

「バ――――カ！　俺がとっ捕まったらお前らも同罪だよ！　忘れたとは言わせんぞ、これまで面倒見てきてやったうえ、雑魚冒険者の女やら、仕事やらを手配してやっただろうが――そいつが全部バレることになるんだぞ？」

「「んな⁉　そ、そりゃあ、ないぜ⁉」」

「あ、あんただっていい思いしてんじゃねーか！」

「金だって払ってるだろーが‼」

ぶーぶーぶー
チンピラどもが目をむいてギルドマスターに詰め寄るが、彼は頓着しない。

「はッ！　いい加減、覚悟を決めるんだなッ！　おう、リズとかいうチビ……！　ここをどこだと思ってる」

「どこ？　……間抜けの巣穴かしら？」

ははは！

リズの憎まれ口を笑い飛ばすギルドマスター。

「バぁカめ!!　ここは俺の庭よ!!　そして——……」

ジャリン♪

ギルドマスターは声をあげるとグエンから奪った金貨５５０枚が詰まった袋に手を突っ込む。

「今から、お前の墓場だっぁあああ！　聞け、クズ野郎どもッ」

チンピラ以外の冒険者に語りかけるギルドマスター。

その手にはジャラジャラと音を立てる金貨が数十枚握られている。

「この、監察官を名乗る偽者を討てッ！　報酬は思いのままだぁぁあ！」

ジャリ————ン♪

そう言って、金貨をギルド中にぶちまけるッ！

その輝きを見た冒険者が我先にと金貨に群がる。

「き、金貨だと!?」

「よ、よこせ！　それは俺のだぁぁあ!!」

「ぶっ殺すぞテメェ!!」

おーおー。

群がる、群がる。

「ははっ！　今のは景気づけよ――見事討ち取った者には、残りの金貨全部くれてやるわ!!」

さらに、ジャラジャラと数十枚をばら蒔き、それでもまだパンパンに詰まった袋を差し示す。

「「「あ、あれが全部俺のものに!?」」」

ちゃうわ、グエンのもんだっつの!!

「「「うおぉおおおおおお!!　金貨500枚以上だぞ!!」」」

「そうだ!!　何百枚という金貨だ!!　なんでも思うがままだぞ!!」

と、……グエンの金貨を勝手に報酬にしてしまったギルドマスター。

「「「ひゃっはぁぁぁぁあッッ!!」」」

どわぁっぁああ！　と喚声に次ぐ喚声!!

ギルド中が、騒然たる有り様ッ。

すでにグエンの報酬が大金であったことは誰もが知っている。

それをそのまままくれてやるというのだ。

……こんなに気前のいい話はない！

「グエン！　リズ！　この両名を討ち取れ！　…………見た目はガキだが、その女は好きにしていいぞぉぉぉおおお!!」

「「「ひゃやっはぁぁぁあああああ!!」」」

どわ――――――――!!

ギルド中が沸き返り、次々に武器を抜き放つ冒険者たち。

「ひひひひ！　金貨５００枚は俺のもんだ！」

「ばーか！　俺が貰うに決まってんだろ！　ついでに、グエンの持ってる槍も俺のもんだぜ！」

「うひょ―――！　リズたん、リズたん、リズたぁぁあああん！」

あっという間に取り囲まれるリズとグエン。

「あーら……。どうしよ、これ」

「お、おい……リズ！　状況悪化してねぇか？」

んー………。

リズが指を口に当てて少し考え込む。

「……てへ。めんごめんご」

ペロリと可愛らしく謝るリズ。

――め、

「………メンゴ、メンゴじゃねぇえっぇえ!!」

グルリと囲まれたグエンたち。

さすがにこれには、ギルド職員も顔面蒼白。

殺気立った冒険者を押しとどめようとするが、突き飛ばされてしまう有り様。

危険と隣合わせの仕事をしている連中に事務職員がかなうはずもない。

「く！　は、放して！　放してよぉ!!　リズさん、リズさぁぁん！」

ティナは一人、特殊警棒を取り出し、冒険者の群れに突っ込もうとして、同僚に取り押さえ

られている。

「ティナ。大人しくしてなさいって。このくらいどうってことないわ」

余裕を崩さぬリズ。

腰を落とし、短刀を抜き放つべく柄に手を添えていた。

そして、テーブルの上に立ったまま周囲を睥睨すると、

「マぁぁスタぁぁ……。有象無象で、アタシが倒せるとでも――……？　ふふふ。ＳＳＳランクも舐められたものね」

ふっ……と、微笑むリズに、マスターも凶悪な笑いで返す。

「は！　誰がそいつらに任せると言ったぁぁ!?　マナァァアアアアック!!」

まるで、召喚獣でも呼び出すかのように、ギルドマスターはマナックを呼びつける。

当の本人はまだ事態についていけないらしい。

「は？　え？　お、おれ……？　は？」

「はぁ!?　じゃね――――!!　マナァァアアアアッツック！　お前もやるんだよ!!　証拠隠滅だ!!」

「な？　む、無茶な!?」

「バァカが!!　このままじゃ、お前は破滅なんだよ！　リズが本部に報告すれば、お前らは終わりなんだっつの！　だから、こうなったら証拠をすべて消すんだよぉぉお!!」

「ぐ………！」

そして、

「もとはといえば、お前らについた監察のせいだろうが！　俺は巻き添えだっつの！　ならばよぉぉお──責任取って、小娘もグエンも殺せぇぇえ！　口を封じればどうということはないッ！」

無茶苦茶な理論だが、ギルドマスターからすれば、マナックたちの身元引受人になったがために、リズの追及を受ける羽目になったのだ。

一言いいたくもなるだろう。

──ま、自業自得だけどね。

「ちぃ!!　しゃーねぇ。いくぞ!!　覚悟を決めろ、レジーナ、アンバス……シェイラぁぁあ！」

「く……やむをえませんね」

「おうおう、こーゆのを待ってたんだぜぇぇ！」

「うう……ぼ、ぼくは──」

苦しげな顔のままレジーナも錫杖を構える。

そして、アンバスも楯を構えて、

「いくぜ！　フォーメーション：アロー！」

ザザン!!　と、息の合ったタイミングでいつもの陣形を組むマナックたち。

だが、そこに加わるべきか否か、シェイラだけはいまだにオロオロとしている。

「ど、どうしよう………ぐ、グエ──」

思わず差し伸ばした手が、ギルドマスターの背中に阻まれる。

「よーし！　それでいい！　お前らはリズを抑えろッ！　俺たちが援護する」

ギルドマスターの采配。

ＳＳＳランクのリズ一人に、ＳＳランクパーティをぶつける。

いくら格上だとしても、この人数差……。

さらに、周囲の冒険者にはその援護兼、悪事の片棒を担がせての口止めだ。

――――実に無駄のない布陣だった。

グエン…………？

は、知らねぇっ～てよ。

「ち、舐められたもんだぜ」

「ほーんとね。誰が一番強いかも知らずに――――」

シャッキン！

「後悔するわよー」

目にも留まらぬ速さで抜刀したリズが二刀をクロスして眼前に構える。

「策は？」

グエンも、とりあえず槍を構えようとするも、屋内では思ったより取り回しが悪いことに気づき、いつも通りの折り畳みスコップを構えた。

「さぁ？　出たとこ勝負よ」

ガクッ！

リズのマイペースさにグエンがズッコケル。

——ま、マジかよ……。

「なによ？」

「いや！　なんかスゲー自信ありげだから、何か策でもあるのかと……」

「あるわけないでしょ？　っていうか、アンタこそそれなによ？　スコップぅぅ⁇　——様ぁ
にならないわねー」

「うるさい。こっちのが性に合ってるんだよッ」

トン…………。

まったく悲壮感を感じさせずに、グエンとリズは背中合わせになり、クスクスと笑い合う。

「ま、なるようになるでしょ？」

「だな」

リズを半包囲するマナックたちと、冒険者を指揮してグエンたちを圧殺しようとするギルドマスター。

その状況においても二人は余裕すらあった。

「ち！　何を笑ってやがる！　やれよ、マナックぅ！　——そして、行け！　てめぇらぁぁあ！」

マナックたちと冒険者に突撃を促すギルドマスター。

その瞬間、戦闘の火蓋が切って落とされる！

「「「うらぁぁああ！」」」

手始めに、遠距離攻撃職の弓手たちが、かけ声とともに味方の損害など知ったことかとばかりにグエンめがけて矢を放つ。

「な、屋内で弓ぃぃい!?」

敏捷999のグエンにはもちろん、弓矢ごときの動きは見えていたが――――この距離では躱せない！

いや、正確には躱せるのだが、躱してしまえばリズに――――……。

ばーか。

「へ？」

「余計な気を遣わなくてもいいってば！」

キキキィイン！

グエンの背中を軸にクルリと位置をスイッチしたリズが、矢を弾きながら答える。

まるで背中に目がついているかのようだ。凄い……！

そのまま、グエンと立ち位置を変えてリズは冒険者たちに――――。

そして、グエンはマナックたちに向き直ることになった……。

「こっちは任せなさい。グエン――……そいつらは、アンタの手でケリをつけるのよッ！」

「あぁ……」

そうして、グエンは再びマナックたちと相対することになる。

………………今度は敵、味方として――……

第11話「なんだと……！　ケリをつけようかッ！」

——……そいつらはアンタの手でケリをつけるのよッ！

グエンはリズに激励され、ハッとする。

そして、彼女と戦闘位置を入れ替えることで突如、マナックたちの正面に立つことになった。

（お、俺の手でマナックたちを……？）

目の前にはいつもの顔ぶれ。

グエンが正面に来たのを見るや否や、ニヤニヤとした笑いを浮かべるアンバス。

優しげに微笑みつつも、その実、腹黒い感情をきれいにコーティングしたレジーナ。

そして、付き合いだけは長く、互いに手の内を知り尽くしているはずのマナック……。

今も奴はグエンの顔をゴミでも見るような目つきで見ていやがる。

その後ろには——……シェイラ。

「おい、シェ——」

「………よぉ、グエン。先日は世話になったなぁ——ええおぃ？」

敵同士として、面と向かい合うグエンとマナックたち。口火を切ったのはマナックだった。先日の一件以来、顔を合わせるのは初めてだが、何一つ反省した雰囲気のないまま——言ってみればいつものマナックそのもの。

「…………こっちのセリフだ」

グエンは反射的に言葉を返す。

もっと戸惑うかと思ったのだが、そんなことはなかった。

「元お仲間様にだよ——……お前こそ、年長には気を遣ったらどうだ、あ？」

「あ!? 誰に口きいてんだ？」

両者譲らず、互いに武器を構える。

マナックは剣を、

グエンは折り畳み式のスコップを、

「けっ。調子に乗りやがって。……リズ母ちゃんがヨシヨシしてくれるからっていい気になってんじゃねぇぞ！　テメェなんざ、死ぬまでパシリなんだよ！」

「は!!　言うじゃねぇかマナック。なら俺も、お前に言ってやらないとな——年長者としてよぉ！」

以前のグエンなら、こうしてマナックに凄まれた時点ですぐにでも謝罪して、スゴスゴと退散していたはずだ。

だが、もう以前のグエンではない——。

「は！　テメェに語る言葉があるとは驚きだ！」

「おーよ、そーいえば俺が死ぬまでパシリだっつったよな？　なら、オメェみたいな奴にぴったりな言葉があってだな」

「あッ!?」

すぅう……。

「――馬鹿(ばか)は死ななきゃ治らねぇよ!!」

「ああぁッ!!　んっだこの野郎!!」

――誰が馬鹿じゃぁあああああ!!

「お前だよ!!」

だ――ま――れぇぇぇー!!

「しゃぁあああああああああああああ！」

大声を上げて、マナックが剣を大上段(ようしゃ)に構えてグエンに襲(おそ)いかかる。

体重と剣の重みと腕力の乗った容赦のない一撃。

確実に命を狙(ねら)う一撃だ！

「死ねッ、グエン――――」

その一撃は重く――そして、速いッッッッッ!!

速いけど…………はは、っ！

「…………つっても、『光』に比べりゃ、止まって見えるぜッ」

シュンッ!!

マナックの目の前から掻き消えたグエン。

声だけがすぐ真横から聞こえてマナックが慌てる。

「んな!?　ば、馬鹿な!?」

「言っただろ！　馬鹿は――――……死ねッってな」

敏捷999を生かしてマナックの一撃を躱した直後の、グエンの反撃！

使い慣れた折り畳み式のスコップを下から思いっきり振り上げるッ。

「おらぁぁあああああああ!!」

ゴキィイイイイン…………！

「ぷはっ……………！」

マナックの顎がはね上げられ、唾液が空を舞う。

それに、

「マナック!?」

「嘘ッ！」

アンバスとレジーナが驚愕し、目を見開いている。

二人はマナック以上にグエンの動きに追従できていなかった。

「もう一丁―――!!」

コワァァァッァアアアアアン……!!

そして、振り上げたスコップを返す刀のように振り下ろす！

狙いは当然、上を向いたマナックの顔面!!

「おうぅぅらぁぁあ!!」

ガッ、とした確かな手ごたえを感じながら、グエンはスコップを振り抜いた――。

この感触――――――……………堪らねぇ!!

「どうだ!!　これがパシリ様の一撃だ!!　偉そうな口をきいていた割には大したことねぇな――マナ」

…………………あ？

グエンのスコップで、顎を打ち上げられ――顔を叩きつけられたマナックはさぞかしダメージを負っているかと思いきや、

「ペッ」

マナックは、首をゴキゴキと鳴らしながら顔を持ち上げる。

「で？」

多少なりとも、額を赤くしているがマナックはほぼ無傷。

口にたまった反吐を吐き散らすと、舐め腐った目つきでグエンを見る。

そして、

「で、なによ？　これで俺に意趣返ししたつもりか？　この程度の力でニャロウ・カンソーを倒しただって？　ははは！」

コキッコキッと、肩を回すと、マナックはゆっくりと剣を持ち上げる。

「────軽いなぁ……ははははははははははは！」

ッ！

「グエン!?　なにやってるのよ！　アンタの攻撃力って……」

あぁ、わかってる。

あぁ、知ってる。

あぁ、見てる！

「お前は敏捷特化のカス野郎だろうが────ッ!!」

ブンッ!!

マナックの横なぎの一撃が、グエンを襲う！

しかし、グエンの敏捷特化の身体(からだ)はその一撃を易々(やすやす)と躱すも──。

「数うちゃ当たるってなぁぁああ!!」

スパパパパパパパ!!

不発に終わった一撃の重さよりも振り抜きと手数の多さに切り替えたマナックの斬撃(ざんげき)が、連続攻撃(ラッシュ)となってグエンを襲う！

「く………！」

そのことごとくを躱すグエンだが、こうなっては簡単に反撃できない。

自分なりに渾身(こんしん)の力を込めてスコップを打ちつけたつもりだったが、やはり攻撃力も防御力も――敏捷を除いて紙並みのグエン！

「だから、言っただろうが――お前はカスだぁぁあああ!!」

マナックの剣がグエンを捉えんとして、一刀から、予備のナイフを含めた二刀に切り替わるッ！

単純に武器が増えたことで攻撃回数も増加。

だが、これくらいならまだ躱せる――……。

しかし、そこに余計な一言が――！

「…………マナック。リズを狙いなさい」

なっ!?

冷静に戦いを見守りつつ、戦況を分析していたレジーナが善戦を続けるリズの背中に目をつけた。

彼女はグエンを信頼して背中を預けてくれていたのだ。

ならば、その無防備な背中を狙えというのだ。

それなら、躱せまいと――。

「テメェ!!　このクソ女ぁぁあああ！」

「おーほっほっほ!!」

「はは！　いい女だぜ、レジ――ナぁっぁあ！」

マナックはレジーナの言う通りにグエンを狙いつつも、その射線にリズを捉えると、二人とも斬り裂かんとして、強力な一撃をブチかます。

「これは躱せるかぁぁぁあああ!?」

「こ、このッ！」

マナックは涎をまき散らしながら剣を振り下ろす。

その一撃を躱すことのできないグエンは、折り畳み式のスコップを構えて一撃を受け止めようとするも――――……。

（これは死ぬかも――……）

敏捷特化のグエンには、マナックの剣の動きがスローモーションのように見えていた。

大振りな一撃だが、それは確実にグエンの頭を両断し、その後ろのリズの背中も斬り裂かんとしている。

これを躱したとて、リズの無防備な背中がやられるだろう――……ならば、ど、どうする？

「グエン……。はぁ、手加減してどうするのよ？」

え？

逡巡するグエンの思考に割って入るリズ。

戦闘中でありながら、チラリと視線をグエンによこす。すべてわかっている顔だ。

彼女ならばマナックの一撃だって見えているだろう。

だが、躱さない。

グエンが躱さないことを知っているからだ。

そのうえで言うのだ――――……。

「アンタ、本気出したらこんな連中瞬殺でしょ？　ほら、躊躇しないで」

だ、

「だって……。『光』になってしまえば――」

そう。

光の攻撃は、あまりにも強力すぎる。それはギルド中を巻き込むすさまじい威力だ。

そんなものをブチかませば、いくらマナックたちといえども………。

アハッ♪

しかし、グエンの逡巡などバカバカしいとばかりにリズが笑う。

「………ここをどこだと思ってるのよ？　ギルドのある街中よ？」

は？

「……肉片一つでも残ってたら助かるって――」

ッ!!

(そうか!!)

そうか!!

「そうだったッ!!」

ならば遠慮などすることはない！

「あ!?　走馬灯は見終わったかグエ――――――――ン!!」

おうよ！

「それはこっちのセリフだぁっぁぁぁぁあああああああ!!」

命を奪うことに躊躇していたグエン。

だが、

「肉片だけでも残ってたら助かるかもってさ、よかったなマナック」

「あ!?」

「スキル──…………」ドンッ!!

グエンは、必殺のスキルを放つ。

この程度の連中を制圧するにふさわしいそれをッ!!

「ぶっ飛べや、マナッぁっぁぁぁぁぁあっぁぁあぁあク!!」

第12話「ソニック！　VS　アンバス!!」

──ぶっ飛べや、マナッぁっぁぁぁぁぁあっぁぁあああク!!

「あんだ、この野──……」

マナックが大口あけてなにか宣（のたま）おうとしていたが知るかッッ!!

く――――ら――――――え――――――!!

キィィイイイン!!

グエンの手がスキル発動の光を纏(まと)う!

だが、その動きすら敏捷(びんしょう)999と、スキルの効果で音速の世界の速さであった。

そして、その音速のままに――手と折り畳(たた)みスコップの先にスキルを乗せたままグエンが必殺の技(スキル)をぶっ放すッ!!

「く――た――ば――れっぇぇぇぇえ!!」

おらっぁっぁあああああああ!!

――音速衝撃波(ソニックブウウム)ッッ!!

スキル名を誰にも聞こえない声で叫び、グエンがスコップを渾身(こんしん)の力で振り抜いた。

その射線の先にはマナックの間抜(まぬ)け面(づら)があり――……。

まさに、グエンに剣が直撃せんとするその瞬間にブワッ――と!!

「んな!?」

「きゃあ!」

「はぶぁ!」

パァァアン!! と、音の壁を破った音がしたかと思うと、猛烈な勢いで鉄色に輝く衝撃波が放射状にマナックたちを薙(な)ぎ払うッッ!!

「おげらぁっぁあああああ!?」

「あべしっ！」

ガンゴンガンゴォォォォオン!!　と、派手にぶっ飛んでいくマナック！

まともに音速衝撃波を食らったマナックはレジーナの顔面に直撃、彼女に「あべし」と悲鳴を上げさせ、さらに跳ね飛ぶ！

天井、床、冒険者の群れ――――「あばばばばばばっば！」と、連中を巻き込んでゴロンゴロン！　と――。

そのうえ、範囲攻撃可能な音速衝撃波は、グエンを中心に半円形を描いて放たれており、ギルド中に冒険者どもを薙ぎ払った!!

「「「ひでぶぅ!!」」」

軽装中心の冒険者たち。

そして、魔法使いなどの防具を着ない連中は軒並み吹っ飛んでいく！

「ちょ！　グエンさん、壁ぇぇぇぇ!!」

途中でティナの悲鳴が聞こえた気もするが、衝撃波は冒険者ギルドの壁を突き破って、ドカアァァァアン!!　と炸裂。

間抜けな冒険者どもを外に排出してようやく止まる――――……。

「あ――――も――――!!　ちょっとぉぉおお!!」

壁が半分消し飛び、客も消し飛び、オープンカフェとしてリニューアルオープンした冒険者ギルド。

「ひゅ～♪　やるぅ！」

それを見て、リズだけが大はしゃぎ。

ギルドマスターは口をパッカーと開けているし、
ティナは「オーノー!!　経費がぁぁあ！」とか、守銭奴みたいなこと言ってるし……。

マナックは床に頭から突き刺さってピクピクしながら、

「うぐぐぐ……おーのーれー」

そして、レジーナはマナックの頭突きを食らって鼻骨陥没し、鼻血が止まらない様子……うわ、ぶっさいくだなー。

「ボーリービールゥ……！」

ガラガラの声で回復魔法を唱えるレジーナ。

その瞬間、彼女の鼻骨がもりもりと盛り上がって整形されていく。

破れた皮膚も元通り――……。

きっも!!

「やってくれたわねー……！　グエンッッ!!」

「……やるじゃねぇか、レジーナ」

にぃ……。

グエンは笑う。

（お前は大した女だよ――そう、大した回復魔法の使い手。おかげで……！）

そして、確信できた。

リズの言う通り、肉片さえ残っていれば大丈夫そうだな――……と。

だから……。すぅぅぅ――。

「――これで心置きなく細切れにしてやれるぁぁぁあああ!!」

「んなぁぁあ!?」

クワッ！　と目を見開き、咆哮するグエンにレジーナが仰け反る。

「ひぃ!!」

ワタワタと身をひるがえすレジーナを追うように、一歩をダァン！　と踏み込んだグエン。

そして、がしぃ!!　と、床に刺しておいた伝説の槍と銛のうち一本――グングニルを手にすると、グエンは折り畳みスコップとそれを左右の手に持って構えた。

そのまま、マナックたちをまとめて睥睨すると、

「――音よりも速く動けるかよ、アンバぁぁぁあああス!!」

「ッだ、この野郎っっぅぅう!!」

アンバスは音速衝撃波の攻撃をすべて受け止めていた。

さすがに範囲攻撃は攻撃力が拡散しすぎるのだろう。それに距離による減衰も著しいようだ。

おかげで奴の背後にいたシェイラや、冒険者も無傷。

そして、ほかの重武装をしている冒険者ども音速衝撃波の一撃を「耐えきっていた」!!

「そんなチンケな技が俺の防御力を破れるかぁっぁああ！　来いや、パシリ野郎ぅぅう！」

——耐えきっていたが……！

いたが………ッッ!!

「だったら、二発、三発、四発————……挽肉(ひきにく)になるまで、ぶっ放してやるぁっぁああ

あ！」

「おう、やってみろぉぉお!!」

ズンッ!!

自慢のタワーシールドを構えて、グエンの攻撃など何ほどもない！　と構えたアンバス！

ならば、

「——やってやるぁぁああ!!」

すぅう……!!

音速衝撃波(ソニックブーム)ッッ!!

「効(き)かんッ!!」

音速衝撃波(ソニックブーム)ッッ!!

「効か————ん!!」

音速衝撃波(ソニックブーム)、音速衝撃波(ソニックブーム)、音速衝撃波(ソニックブーム)!!

「効かん！　効かん！　効かんッッ!!」

そのことごとくを耐えきるアンバスであったが————……。

「その程度か、パシリぃいいい!!」

「なわけ、あるかぁぁっぁあああああ!!」

音の速度でぶっ放してやるぁぁぁぁああああ!!

敏捷9999の×音速ぅぅぅううう!!

すううう……!

音速衝撃波(ソニックブーム)、音速衝撃波(ソニックブーム)、音速衝撃波(ソニックブーム)、音速衝撃波(ソニックブーム)、音速衝撃波(ソニックブーム)、音速衝撃波(ソニックブーム)音速衝撃波(ソニックブーム)音速衝撃波(ソニックブーム)音速衝撃波(ソニックブーム)音速衝撃波(ソニックブーム)音速衝撃波(ソニックブーム)!!

「どぅぅぉおおおおおおおおおおおおおおお!!」

ドガガガガガガガガガガガガガガガガガガッ!!

超至近(しきん)距離で炸裂する音速衝撃波(ソニックブーム)!

しかし、さすがはSSランクパーティの前衛(ぜんえい)タンク!

「効ーくーかぁぁぁぁああ!」

すべての衝撃波をことごとく跳ね返す。

しかし、それにしても――――……!

バッゴォォォオン……!

今もガラガラと音を立ててギルドの側壁が崩壊(ほうかい)。

「うっきゃ――――!　ギルドがぁぁ!」

絶叫するティナ!

そして職員が床に伏せて衝撃波をやり過ごす。

もう、ギルドの半分はオープンカフェ改め青空教室のようになっている。

「はぁ、はぁ、はぁ……やったか？」

シュゥゥ…………！

グエンの目前には土埃(つちぼこり)。

もうもうと立ち込めるその先に、
グエンの連続攻撃がやんだ瞬間の、束の間の静寂(せいじゃく)のなか……。

ユラ～リ。

「か、硬(かて)ぇじゃねーか、アンバぁス!!」

ブワッ!!

埃(ほこり)を手で払いながらアンバスが出現する！

「舐(な)めんなぁ!!　俺の装甲(そうこう)は鉄をも凌(しの)ぐッ！」

「はっ！　ならばダメ押しの一発!!」

――がきぃん！

「ぬんッ!!」

と、最後の一発。グエンの音速衝撃波(ソニックブーム)をすべて耐え抜いたアンバス！

「ぜーぜーぜー……！　ど、どうだ……！　これで、俺の……か、か、勝」

「ふん……。まだまだ序の口ぃ！」

グエンにとって、先ほどまでの攻撃が当然ながら全力であるはずがない。

なるべく、ギルドや周囲の無関係な人間に被害が出ないように調整していただけだ。

だが、そうも言っていられない。

時間をかければかけるほど、よけいに被害が大きくなりそうだ。

「…………なら、次はこいつの性能を試すためにも、本格的に使ってみるか？」

そう言い切ると、グエンは手にしたグングニルに軽く魔力を通す。

すると――、
バチンッ……！

パリパリ……パリッ！

グエンが手にしているのはニャロウ・カンソーからのドロップ品……！

レアリティSのグングニル!!

「んなぁああ！　そ、それはぁぁぁあああ!!」

アンバスの顔が真っ青に染まる。

「まさか、卑怯だって言わないよな――――……えぇ？　アンバス。そしてレジーナ」

アンバスだけでなく、その後ろにいたレジーナにもグエンは言葉を放つ。

「な！　てめぇ!!」

「き、気づいていたの……？」

そう。

アンバスは単独でグエンの攻撃を凌いでいたわけではない。

目を凝らせばわかるほどではあるが、うっすらと光の粒子を纏っている。

これはつまり――。

「高位神官のバフ付きか。どーりで倒れないわけだ」

「こ、この！　生意気言いやがって――！」

アンバスが反撃に移ろうと、タワーシールドの陰から戦斧を突き出すも、

「ッ――アンバス⁉　構えて……来るわッ！」

レジーナがいち早く気づいて、アンバスに注意を――……。

「遅いッ」

グエンの速度は敏捷９９９の×「音速」だ!!

それもまだまだ小手調べッ!!

「構えて」なんて言ってる暇に――。

「――迎撃してみろぉぉぉぉお!!」

バリバリバリリリリ……！

「このぉおおおお!!　神聖強化術ぅぅぅぅう！」

カッ――!!

神々しい光がレジーナの錫杖から迸るッ！

それは、ほぼ無詠唱で発動し、あっという間にレジーナの高位神聖魔法がアンバスの身体を

覆っていく。

その魔法こそ、レジーナの真骨頂。

『神聖強化術』――全能力の大幅上昇というチートクラスのバフ魔法だ！

その上昇率はなんと――5倍ッッ!!

「うぉぉぉおおおお!!　来た来た――――!!」

メリメリメリ……！

正面切っての支援魔法にアンバスの身体が光り輝き、筋肉が盛り上がり、皮膚に魔法防御力が付与されていく――。

ぶっはっぁぁあああああ!!

「――きぃぃ――たぁぁぁあああ!!　全能力の5倍ッ」

5倍……!?

5倍…………。

5倍だってぇぇええ…………あはははははは！

すぅぅう……

「――5倍ごときで、かなうかぁぁああああああ!!」

「じゃかましい、パシリごときにはもったいないくらいだぁぁ!!」

両者絶叫ッ!!

だったら、

「――それで防いでみろぉぉぉお！　うおらぁぁぁぁあああ」

俺の音速は敏捷値を35倍じゃぁぁあああああ!!

グエンは手の中でスコップとググニルを弄(もてあそ)び、ギュルギュルと回転させて、

「ふんんッッ!!」

と、同時に振り抜き「音速衝撃波(ソニックブーム)」をブチかましてやるッ！

それは、
2連(ツイン)&ググニルの電磁(エレキ)ッ!!

その名も、
電磁音速衝撃波(エレクトリックソニックブーム)ッッ!!

かーらーのぉぉぉぉおおおお!!

連射(ラッぁぁぁぁシュ)ぁぁぁぁああ!!

バチバチバチバチバチ……!!

シェイラの魔法をも凌ぐ凶悪な電気が迸り、
それは上級魔法のそれに匹敵(ひってき)する威力(いりょく)を秘めたまま音速衝撃波(ソニックブーム)とミックスされる!!

「んなあぁぁああああああ!?」

「くぬぅう……！　あ、アンバス耐えるのよぉぉお、この木偶(でく)の坊(ぼう)!!」

グエンの攻撃が纏う凶悪さに一瞬にして血の気を失った顔のアンバスが慌(あわ)てて逃げ出そうとするも、

「は、放せぇ、レジぃぃぃぃいい――――――ナぁっぁああ!!」

「タンクなら耐えてみせなさぃぃいいい!!」

と、その肩をレジーナが後ろからがっしりと掴(つか)んで逃がさない。

――もう、ガッシリと!!

まさに盾(たて)!!

まさに肉壁!!

まさに非道ッッ!

だが、許さんッッッ!!

「今度こそぉぉぉおおおお――――――」

2連(ツイン)、
電磁(エレクトリック)――……。

音速音速音速音速音速音速音速音速音速音速音速音速音速音速(ソニックソニックソニックソニックソニックソニックソニックソニックソニックソニックソニックソニックソニックソニック)ッ!

――音速衝撃波(ソニックブーム)!!

「――死ねッ、アンバぁぁぁああス!!」

「あがああああああああああああああああああああ!!」

目にも留まらぬ連撃とはこのことか!

文字通り息もつかせぬ連続攻撃がアンバスの装甲にぶち当たる!!

そのすべてが音速!

そして半分はグングニルの電磁攻撃付きッッ!!

ピシャ――――――ン!

「か――――……」

青白い光がアンバスを貫くッッ!!

一瞬だけ、骨が透けて見えるほど強力な電気が走ったアンバスの身体が、同時に音速衝撃波をまともに受ける!!

「うぎゃあああああああああああああ!!」

身体を奔るすさまじい衝撃に、たまらずアンバスも悲鳴を上げて仰け反る。

その拍子にタワーシールドがどこかにすっ飛んでいった。

そして、その盾が消えた瞬間をグエンは見逃さないッッ!

「トドメぇぇぇえええ!!」

床にグングニルを突き刺し、それを足場にしてグエンは突進の構えッ。

そのまま、ググググ……と、足に力を籠めると――――。

空いた手で拳を作る……!!

「アンバスさぁん…………焼きそばポーショ――――ンんんん――――――」

すぅ……。

「――売ってませんでしたぁぁぁあああああ!!」

し――――ねッ。

これが、
ソニックパンチだぁぁぁあああああああああああああ!!

「よ、よせぇぇぇ！」

「いやぁぁあ!!　私はコロッケポーションでいいですぅぅぅう！」

最後の最後でレジーナがアンバスの庇護下から脱出。

というか、アンバスを蹴り飛ばして逃げた。

「うおらぁぁあああああああああああああ！」

「ああ――――――――――――――――――!!」

どかっぁあああああああああああああああああん!!

音速の力と敏捷９９９９の踏み切りで、グングニルを蹴ったグエンがアンバスの顔面に音速のパンチを叩き込む!!

それは攻撃力を飛躍的に向上させた音速の一撃ッ！

攻撃力＝１／２×筋力×敏捷の2乗!!

つまり――――――――スっさまじい威力だ!!

めりぃぃ……！

「あべっ――」

アンバスの顔面にめり込むグエンのパンチ!!

音速の世界で拳の感触を感じながら、グエンはアンバスの顔面が陥没し、変形していく様をまざまざと見る。

そしてぇぇぇぇええ――――振り抜くッ！

「てりゃぁぁああああ！」

「――あべしぃぃぃぃ――――！」

ぎゅるん!!　と、その場で一回転したかと思うと、そのままドカン、バウン、ズド――ン!!　と、何度もバウンドしながらギルドから吹っ飛び、街中（まちなか）の通りを跳ねてそのまま城壁を貫き、街の外へ…………。

グエンは、拳を振り抜いた姿勢のままスタッと着地。

「くはッッッ…………――」

プルプルと震えたかと思うと……!!

「つっかぁぁあ…………!!　きもっちぃぃぃぃいいいいいいい!!」

と、実にさわやかな笑顔で言った。

第13話「ダークエルフは、不機嫌です」

ぷしゅー……。

と、土煙を立てているのは、アンバスの転げていった跡。

その痕跡を茫然と見ていたレジーナがわなわなと震え、

「な、なんてことをぉぉおお!!」

アンバスの背後から逃げておいて、いけしゃあしゃあと宣う。

だが、今のグエンがそんな言葉に耳を貸すはずもない。

「この人殺しぃぃいいい!!」

「――お前にだけは言われたくない。っていうか、かろうじて生きてるよ」

殴った瞬間、一応急所は外しておいた。

まぁ、あんまし変わらないと思うけど。

「さって、残るはお前ら二人……。&有象無象ども」

ポキポキと、拳を鳴らすグエン。

その先には、腰が抜けたシェイラがペタンと女の子座りでへたり込んでいる。

一応、魔法杖を持っているが抱きしめるばかりで、戦うそぶりはない。

ギロッ、と視線を向けると、プルプルと首を振る。

（ふん……。こいつは無視してよさそうだ）

ギロッ！　さらに冒険者連中に視線を向けると、がくがく震えて武器を取り落とす。

大半はリズに制圧されたようだったが、それでもまだ結構な数が残っていた。

だが、アンバスの有り様を見て戦意喪失。

脇でギルドマスターがギャーギャーと叫んでリズとの戦闘を継続していたが早晩ケリがつき
そうだ。

ならば――――……。

ギロ!!

グエンの視線に真っ向から歯向かうのはレジーナただ一人。

こいつだけはそう簡単に降参するタイプではないわな。

だったら、とことん…………。

「このぉッ!」

さっと、首から下げていたロザリオをかざすレジーナ。

それは聖女教会のシンボルで、世界規模の教会勢力の象徴ともいうべきもの――……つまり、

「くー　わ、私に手を出したらどうなるか――!!」

「――権力を笠に着て、命乞いか?　それで俺が許すと思ってんのか?　あ!?」

「ふひひ。だったら、やってみなさいよ……!　わ、わわわ、私が一声かけたら世界中の教会
がアンタを許さないんだから――!!」

は。くっだらねぇ。

「そんな奴が聖女だの枢機卿だのを務める教会なんざこっちから願い下げだ。いいぜ……やっ
てみろよ」

ダンダンダン……!

足音も荒々しく、グエンがレジーナに迫る。

そして、顎を掴むと、ギリギリと締め上げた。

「テメェの聖女面にはうんざりだ。……何が教会だ。何が枢機卿だ――――ただの腹黒女だろうが、よ」

がしゃあああ!!

「きゃあああ………あ、れ?」

勢いに任せてグエンはレジーナを床に転がし、瓦礫の山に突っ込ませた。

いや、正確には突っ込ませようとした。

しかし、それを止めたものがいる。

「あ、アンタ……」

「お前………なんで?」

レジーナが瓦礫の山に突っ込む寸前に、彼女の法衣の裾へ短刀を放り投げ、地面に縫い留めて阻止した奴がいる。

そして、そいつはグエンの背後に着地すると、さらなる追撃をと、振り上げた彼の拳に手を添えてフルフルと首を振り、やんわりと彼を止めた――――。

その不届き者は――――……リズ!?

「……そこまでよ、グエン。それ以上はアタシが許さない」

「なっ!?」

り、リズ!?

(君が、どうして俺を止める!? なぜ!?)

グエンの顔に動揺の色が見えたのだろう。

敏感にそれを感じ取ったリズがニィと口を歪めて言った。

「どうしてって顔ね? ん〜……。わっかんないかなー」

スッ……と、腰の短刀に手をかけるリズ。

それはグエンとの戦闘も辞さないという意味だ。

「リズ…………ッ!」

(く……!)

折り畳みスコップを下段に構え、グエンも戦闘の意思を示す——。

ここにきて、レジーナを庇うリズと戦闘になるとは……!

くそッ。

「ちょっと、グエン……。そう殺気立たないでよ。悪いけど————」

スー…………シュラン!

ゆっくり鞘から引き抜かれる短刀。

それが逆手に彼女の手に——……。

「——悪いけど、コイツはアタシの獲物よ」

シャキイン!!

そして、左右の手に構えられた短刀がグエンを前にクロスにされる。

その状況に目を向け、
リズがグエンを止めたことに気づいたレジーナがニチャアと笑う。

そして、ズルズルとリズのもとまで這(は)っていき、あの足に縋(すが)りつくとグエンを見上げた。

「ふへ……。ふへへへへへ！　み、見たぁ！　これが権力よぉ！　これが教会の力よぉ！　いいわぁ、リズさぁん！　貴女(あなた)にはたっぷりとお礼を——」

「お・礼？」

ニコッ。

可笑(かわい)らしい笑みを浮かべたリズがレジーナを見下ろす。

そして、グエンも軽く笑う。

（あぁ、コイツはアホだ——）……と。

だって、そうだろ？

この期(ご)に及んでリズが味方になると??

どうやったら、そんなおめでたい思考にたどり着くんだ？

親の顔が見てみたいぜ。

「そう、お・礼よ、御礼!!　——たっっっっぷりと、あぎゃああああ！」

ぐっしゃぁぁああ……！

鋭い悲鳴を上げたレジーナ。

見れば、リズがレジーナの手を踏みつけグリグリと……。

「お礼をしたいのはアタシのほうよ、レジーナぁ」

ニィ……！

その瞬間、リズの背後からブワッ！　と闇のようなものが溢れ出るのを見たグエン。

もちろん目の錯覚なのだが、今やSSS級と認められたグエンでさえ背筋が凍るような思いがするほどの恐ろしい空気。

そう。

リズがレジーナを許すはずがない……。

彼女が忘れたとでも⁇

あの魔族の領域で、自分を餌にしようと拘束術式をかけた性悪女のことをリズが忘れると──⁇

「アンタ、もう忘れたのぉ？　アタシに大きな借りがあるじゃぁ────ん」

「…………………………はへ？」

ポケラーとしたレジーナの顔。

この顔は本当に忘れていたのだろうか──……あぁ、救えない。

「チッチッチ……！　駄目ね、レジーナ。アンタが忘れても、このアタシが──」

……ハッ‼

「――忘れるわけないじゃな――――――――――――い!!」

ア――――ハッハッハッハッハッハッハ!!

「ひぃぃぃぃぃぃぃぃぃぃぃぃ!!」

黒い瘴気(しょうき)のようなものを纏(まと)ったリズの哄笑(こうしょう)がギルドに響き渡った。

…………この女ども、こえ――――っす。

第14話「ダークエルフは、ギルドを切る!」

～少し時は遡(さかのぼ)って、グエンと居場所をスイッチしたあとのリズ～

※　※

「こっちは任せなさい。グエン――……そいつらはアンタの手でケリをつけるのよッ!」

そう言い放ったリズは、テーブルの上に立ったまま居並ぶ連中を睥睨(へいげい)する。

(さて、そうは言ったものの……)

ざっと見ただけで30人ほど。

死角にいる連中を含めれば約50~60人といったところだ。

「ひゅーひゅー！　お嬢ちゃ～ん。そっから降りてきなぁ！」

「ひゃはは っはは！　金貨500枚相当の首だぜぇ！」

「その前にみんなで楽しもうぜぇぇ！」

ぎゃはははははははははは！

「ふん……。くっだらない連中」

勝ち目の有無(うむ)を考えずに、金と女に釣られて集まったクズども。

その相手が誰かも知らずに暢気(のんき)なものだ。

「――……一応聞いとくけど、アタシはギルド本部から正式に委託(いたく)された『監察官』よ。その意味わかる？」

ま、無駄だろうけど……。

しかし、それなりに効果があったのかシ――――――ン、と静まり返る。

(あら、意外――――――……)

ぷっ。

ぶはははははは―――！

「「「ぎゃはははははははははは！」」」

「うははははははは！　バーカ。お前バ――カ!!　脳みそは、パーか？　はっはっは」

ゲラゲラと笑い転げる冒険者連中と、それを先導するギルドマスター。

なるほど、意外でもなんでもなかった。

うん、予想通りの反応。

「今さら、剣を引くわけね――だろうが!!　『監察』なら知っとけよ。ここいらじゃ、間抜けな冒険者や、ソロの女冒険者がやたらと行方不明になってるって事実をよぉ」

「「うひゃはははははははははは！」」

あー……そういうこと。

確かに、『光の戦士』の調査ついでに、いろいろ頼まれてたわね。

ティナから内部告発もあったし――なるほど、こいつらが哀れな犠牲者を生み出していたってわけね……。はい、報告報告。

「貴重な情報どーも」

どーりでここはギルド本部の評判が悪いわけだ。

ティナのような優秀なギルド職員のおかげでもっている・・・ようなもので、ギルドのトップが腐っていちゃ集まる冒険者の質も悪くなるというもの。

年功序列と縦割りの組織ゆえの弊害がこういうところに出てくるのだ。

「――ま、だからアタシみたいなのが雇われるわけだけどね」

冒険者ギルドという巨大組織は、内外に多数の問題を抱えている。

賄賂や不正は横行するし、重要ポストもそうした不正で就く連中が後を絶たない。

だから、良識ある上層部の一部が監察局をつくって締めつけているのだ。

それもどれほど効果があるかは微妙だけど。

「けッ!!　いい気になっていられるのも今のうちだぞ！　グエンごとき、マナックがすぐに仕留めるぞ。そしたら、テメェはSSランクと、辺境で鍛えたAランクBランクの冒険者を多数相手にするんだぞ！　は！　今のうちに降参した方がいいんじゃないのか？」

「あーそう？　降参したら許してくれるのかしら？」

聞くのも野暮だけどね。

「はは！　こいつ等のお相手をした後は、俺のペットとして生かしておいてやる、どうだ！」

「あははー。ありがたくって涙が出るわー」

はっはっはー。

「──で、御託は終わり？　口だけでAランクやBランクになったわけじゃないでしょ？」

そう。

ここは腐っても辺境だ。

すぐ近くにはニャロウ・カンソーのような強力なモンスターがうろつく地域。

ただの新人が生き残れる環境ではない。

だから、ここには強力な戦力を持つ冒険者が集まっているわけで──……。

「んっだこらあああ!!」

「ぶっ殺すぞガキぃぃい！」

「グッチャグチャの挽肉にして晩飯にしてやらぁぁあ！」

おーおー……こうでなくっちゃあ!!

「ふふふ……。結構――ならばかかってきなさい。アタシが欲しいんでしょー」

首でも、
肉でも、
何でも、

「欲しけりゃ、力ずくで奪うことね!!」

しゃおらぁぁああああああああ!!

「死ねぇつぇえええ!!　ダ――クエルフぅぅう!!」

言い切るや否や、血気盛んな冒険者が床を蹴って飛び上がる。

両の手に持った大剣を振りかぶって――叩きつけたッ!!

バッカ――――――ン!!

粉々に砕けるテーブル。

「おっそ――――い」

そこにリズの姿はすでになく、飛び散る欠片の中にいた。

フワリと舞い上がり、悠々とした動作で大剣の一撃を躱していた。

だが、

「は！　そう来ると思ったぜ、」

サッと、手で合図するギルドマスター。

どうやら、この機を狙(ねら)っていたようだ。

なるほど。先ほどの剣士の一撃は連携攻撃の一つで――――……。

「――空中じゃ躱せねぇだろッ！」

空を舞ったリズを見てギルドマスターがニヤリと笑う――――……！

「打てぇぇええええ！」

キリキリキリ……！

すでに矢をつがえていた弓手(アーチャー)に盗賊(シーフ)、野伏り(レンジャー)どもが弓矢を向ける。

宙を舞うリズは実に無防備で、一瞬のあとには弓矢には貫(つらぬ)かれそうに見えた。

だが、彼女は慌(あわ)てない。

少したりとも慌てない。

「……空中はアタシの領域(ホームグランド)だけど？」

シュパッパパパパパパ!!

一斉(いっせい)に放たれる矢!!

矢、矢、矢、矢、矢ッッ!!

「仕留め……――――てねぇ!?」

ギルドマスターが一瞬喜色(きしょく)を浮かべたが、すぐに驚愕(きょうがく)に目を見開くッ！

なんと、リズが空中を縦横無尽(じゅうおうむじん)に駆けているではないか！

「言ったでしょ。空中は慣れてるのッ」

トンッ、トン、トン！

飛び散るテーブルの破片を足場に、体重を感じさせない動きでリズが宙を舞う！

そして、一飛びごとに一投。持っていた短刀を惜(お)しげもなく投擲(とうてき)し弓手(アーチャー)を狙い撃つ。

「うがぁ!!」

「ぎゃあ!!」

たちどころに撃沈する弓手(アーチャー)が二人。

だが、まだまだ!!

「武器を捨てたぞ！　今だ、チャンスだ！　打て、打てぇぇえ！」

ギルドマスターの声に叱咤(しった)され、第二陣がすぐさま躍(おど)り出る。

弓手(アーチャー)たちは二本目をつがえ、奥に控(ひか)えていた魔術師たちが詠唱(えいしょう)を終えてリズを狙う。

さすがにこれは捌(さば)ききれないだろう!!

「戦いは数だ!!　死ねッ！　クソガキ!!」

打てぇぇぇえ！

ギルドマスターは手を振り下ろし一斉射撃を指示する。

その瞬間、迸(ほとばし)る魔法攻撃と連射される矢、矢、矢!!

「全方位、飽和(ほうわ)攻撃――――やるぅ！」

リズの手は二本。

足を入れても四本！

対して魔法と矢は無数!!

絶対に捌ききれない――――……のか？

「バーカ。こういう諺があるのよ――――」

うっすらと笑い、
空中にあるテーブルの欠片を蹴り、跳躍したリズ。その着地先は――なんと天井!!

「あそこだ、打てぇ！」

だが、数に勝るギルドマスターたちはすぐにリズの後を追い、魔法と矢をビュンビュン！

と放つ――。

「打て打て打て打て!! 休ませるなぁぁあ！」

あはっ。

「有名な諺。知ってるかしら――――……？」

リズの後を追って次々に着弾する魔法と矢の連弾!!

すぅ……、

「――『当たらなければどうということはないッッ！』ってねぇぇぇぇ！」

「馬鹿な!!」

すたたたたたたた――――……！

天井の梁、

照明、

天窓、

巣くっている巨大な蜘蛛(くも)！

それらを足場にトントントン！　とトリッキーな動きで連弾を次々に躱していく！

おまけにすさまじい速度で今度は壁に――――！

「なんだあの女ぁぁ」

「うっそだろッ！　天井を……壁を……。空を走ってやがるッ！」

「バケモンだぁっぁあああ！」

まるで重力を感じさせない彼女の動きに冒険者たちが翻弄(ほんろう)される。

「打て打て打て打て、何をしているぅぅう!!」

そう言って射撃指示をするばかりのギルドマスター。ここに至(いた)ってはもはやリズの動きを捉(とら)えられる者はいない。

無駄撃ちになった魔法が天井を穿(うが)ち、壁を焦(こ)がし、床を爆(は)ぜさせるばかりか、仲間の冒険者にも着弾する!!

「あはは♪　鬼さん、こーちら」

リズはそれらを誘発するように上へ下へと動き、まるで暴風のごとし!!

どかん、どかん!!

「うぎゃああ！」「どこを狙って――ぎゃああ!!」「あっちぃいい!!」

次々に味方を巻き込む魔法と矢玉！

それに慌てて打てばさらに被害を大きくしていくばかり。

「ばっかねー。屋内で固まってちゃ、数の優位を生かせないわよ」

「な、なんだとぉ!!」

激昂するギルドマスターだが、すでに仲間同士の誤射で半数の冒険者が戦闘不能。

「こ、このぉ！　使えん連中だ!!　ま、マナック何をしている！　はや――――く！」

頼みのSSランクの『光の戦士』はいまだグエンと激戦中！

見る見るうちに仲間内で数を減らしていく冒険者たち。

「何もしてないわよ――――アンタたちが馬鹿なだけ」

スタンッ!!

魔法の爆炎を抜けるようにして、ひとしきり戦場を駆け抜けたリズはグエンの背後に着地する。

そこが彼女にとってのセーフティーゾーンで心安らぐ場所。

「このぉぉおお！　グエンごとぶちかませぇぇぇ!!」

味方の魔法の着弾で数を減らした冒険者たち。

だが、さすがに数が多すぎる。

「うおぉぉおお！」

「舐めやがってぇぇぇ」

槍に剣！　そして戦斧を構えた冒険者がしゃにむに突進する!!

「「死ぃぃいいいねぇえええええええ！」」

「はい、終わり……」

クンッ！　と、リズが空の手を引いてみせる。

一見したところ無手で、武器も何もないようだが――あれ？　キラキラとしたものがうっすらと見える。

それはまるで糸のようで……いや、糸――なのだろうか？

その糸がピンと張られて、彼女が最初に投擲した二刀に繋がっている。

「な!?」

そして、驚愕するギルドマスターの目の前で、その惨劇は起きた。

「「うぎゃあああああああ!!」」

糸のような鋼線が引かれ、倒れた弓手に刺さっていた短刀がリズの手のほうに。

それが彼女に殺到せんとしていた冒険者の足を刈るッッ！

スパパパパパッァアアアアアン！

舞い上がる血しぶきと、冒険者の悲鳴。

そして、さらに手首にスナップを利かせれば、鋼線で手繰り寄せられた短刀がリズの手にスチャっと舞い戻る。

「舐めてるのはどっちかしら？」

ひゅんッ!!　と短刀を振ると、前方に伸びる鋼線がしなり、ついた血潮を弾く。

あとは、戦闘開始前と同じく左右の手に構えた短刀を身体の前でクロスするリズが一人……。

「わ、ワイヤートラップ!?」

「ご名答。オリハルコン製の特殊鋼線よ。足なんかちょん切れちゃうんだから」

ぎゃーぎゃーと悲鳴を上げて転げまわる冒険者たち。

「や、闇雲に逃げていたわけじゃなかっただと……！」

リズは逃げながらも、部屋中にワイヤーを張り巡らしていたのだ。しかも、最初に投擲していた武器がここに至る布石だったなんて――……！

「こ、これがＳＳＳランク……！」

床でバタバタと暴れる冒険者や、致命的な一撃を貰ってうずくまる連中を含めると、あっという間に三分の二の戦力を失ったギルドマスター。

顔面を蒼白にしつつも今さら引き返すこともできない。

「もう、決着はついたんじゃない？　降参するならよし、しないもよし」

チャキリと短刀を胸の前で再びクロス。

「いつでもかかってこい」の姿勢だ。

「ま、まだだ！　まだ終わらんよ！　まだ、マナックたち『光の戦士』たちがいる！　怯むなっ！」

そう言って叱咤激励した直後のこと。

パァァアン!!　と、大音響。

そして、

「おげらぁっぁあああああ!?」

「あべしっ!」

ガンゴンガンゴォォォオン!!　と、派手にぶっ飛んでいくマナック!

「「「ひでぶぅ!!」」」　と叫んで退場する、グエンを囲んでいた冒険者たち。

その一瞬のうちに、ギルドマスターたちが期待していた『光の戦士』はほぼ無力化されてしまった。

「ひゅ～♪　やるぅ!」

第15話「ダークエルフは、ご機嫌です!」

「グエンってば、強いわね――」

「な、ば………馬鹿なッ!?　グエンにマナックがやられただとぉぉぉお!!」

聞いてない、聞いてないぞ、そんな話ぃぃぃい!!　と、ギルドマスターが絶叫しているがリズには知ったことではない。

「ちゃんと、報告書はティナが作っていたはずよ。ろくに読みもしないで破棄するからこういうことになるのよ――」

さ。それじゃ――。

「いい加減、神妙にお縄につきなさい」

「く…………」

リズが踏み込み、一気に肉薄。

ギルドマスターの首に短刀を押しつける。

「ひ！　わ、わかった――こ、ここここ、降参する……！」

ろくに戦闘経験のないギルドマスターはすぐに音を上げ降伏しようとする。

しかし、それを許さない連中もいた。

「おい！　ざっけんなよ！」

「テメェ!!　お前の口車に乗ったおかげで俺たちも『監察』に睨まれちまったじゃねーか！」

「ふざけんな!!　まとめてぶっ殺してやれッ!!」

うぉおおおおおおおおおおおおおおお!!

「ひぃ！　よ、よせ――――！」

「あらまー。アンタってば、ほーんと人望ないわよねー」

殺気立った冒険者が数十名。

最初ほどの圧はないが、それでもまだ多勢に無勢。

だが、リズは薄く笑うのみ。

「――ふふ。仕上げにあと十秒」

ギルドマスターの首にトンッ！　と刀身の背をぶつけて昏倒させると、その頭を踏み台にして跳躍。

冒険者たちの突撃を軽やかに躱すと、フワリと舞い上がり空中でムーンサルト――……

そのまま、懐から暗器を取り出し両の手の五指に挟む。

「感謝なさい。今日のアタシは少しだけ慈悲があるの」

シャァァアア!!

そのまま狙いたがわず投擲。４本、４本！　の棒手裏剣が冒険者たちの首筋に打ち込まれる。

「ぐぁ！」

「あがぁぁあ！」

さらに、手足の裾からも暗器を取り出し、投擲投擲ッッ!!

スパン、スパパパパッッ！

「うがっぁあああ！」

「あぎゃあああ！」

鋼線で足を刈られた連中と違い、後方にいた連中主体のためか、リズの手裏剣を防ぐこともできずに次々と打倒されていく。

「ひ、ひぃい!!」

ける。

「失礼ねー！　こぉんな可愛い子を化け物だなんッて!!」

すでにその頃には両の手で数えられるほどに――……！

その様子に残った冒険者があっという間に戦意喪失。

「ば、化け物ぉぉおお！」


スタンッ！　と着地するや否や、クナイを引き抜き逆手に構えると低い位置を這うように駆

その速度たるや、グエンには劣るとはいえ常人の目に捉えられるものではない！

「ど、どこだ！」

「し、しししし、下だ！」

「畜生ッ、見えねぇえ!!」

ザバババァァアア!!　と、床に広がる血が舞い上がりリズの軌跡を浮かび上がらせる。

「そ、そこだ！　血の跡を注視しろ」

「このぉおおお!!」

残った魔術師と弓手が素早く、それぞれの得物を放つッ！

しかし、その位置にリズはいない。

なぜなら、彼女の速度は軌跡のずっと前を疾駆するッ！

「残念――……それは残像よ」

そう言い切った時にはすでに彼女は冒険者の背後を取っていた。

そして、手にしたクナイにはすでに鮮血が――……。

「あびゅ……」

「ぐぉ……！」

ドサドサドサ……！

ピッ……と、血振るいした瞬間、冒険者がすべて地に倒れ伏す。

これで全員……。

残すところはグエンの包囲に向かった連中だけど――……。

「ふふ。さすが、グエン――アンバスも、伸したようね」

かるく汗をぬぐったリズ。

その足元には、冒険者たちが死屍累々……。

この女……さすがSSSクラス。

これほどの数の冒険者をいとも簡単に制圧すると、あとはもう次なる獲物を見つけてペロリと唇を舐める。

そう、リズの次なる獲物は――……。

「……借りを返させてもらうわよ――レジーナぁ」

――シャキンッ!!

リズが地面に突き立てていた短刀を抜き取り、順手に持ち替えて低～く構えると、ユラ～リとレジーナの前に立ちふさがった。

「ちょ、ちょっと……待って。待ってよリズさぁん」

「あはぁ……？　待つぅ？　何をぉ……？」

ずんずんずん。

抜身の短刀を手に、無造作にレジーナに向かうと、

「待ってって言って、アンタは待ってくれるんだっけぇ⁇　――いやー、あの時はびっっっっくりしたわよぉ？　まさか、魔物の領域で仲間に裏切られるだなんて。しかもぉ、生きたまま囮にしようってぇぇぇ？」

「ひっ、ひっ、ひっ！」

チク、チク、チク。

短刀の切っ先をレジーナの肩に突きつけ、チクチクと追い詰めていく。

彼女がずるずると後ずさったとしても、
その周囲には味方など、もはやほとんど残っていない。

いや、多少の冒険者がいたとてどうなるものか。

ＳＳＳランク冒険者のリズと、
ＳＳランクの冒険者二人をなんなく倒したグエンなのだ。

よほどのアホでもない限り、この二人を敵にしようとは思わないはず。

実際、生き残った冒険者で一度でも敵対した連中は隙を見て逃亡を始めていた。

なんせ、グエンが派手に建物を破壊したのだ。

その気になれば、どこからでも逃げられる。

「あ、あの――リズさん。も、もうしないわ。あ、謝るし。そ、そうだ！　たっぷりと慰謝料も!!　んね!?」

慰謝料ぉ??

「あ、あは。あはは。あははは。あはははは。あはははははははははははははは!!」

メラァ……と、黒い殺気とも瘴気(しょうき)ともつかぬものをまとわりつかせながらリズがレジーナを追い詰めていく。

にこやかに笑っているのに、めっちゃ怖い……。

「あ！　ほ、ほら！　だ、ダークエルフはエルフ社会じゃ、身分が低いっていうじゃない!?　そ、それを解消してあげるわ！　教会の手で――」

「あ――はっはっはっはっはっはっはっはっは――……」

グワシッ!!

「ペッ!!　アンタに同情されるほどアタシらは弱くはないっつの。エルフとか、教会とかクソどーでもい(ぁ)――わよぉぉおお」

リズは空いた手でレジーナの顔面を握りしめると、腕力にものを言わせてギリギリと……。

「あびゅびゅびゅ……！　いだい、いだい、いだい――！」

うっわ……。ぶっさいくぅ――。

ぐにゅーと潰れた表情のレジーナを見て、思わず吹き出すグエン。

レジーナは彼をギロリッと殺意のこもった目で睨むが、リズがそれを許さない。

「なーによ、その眼つき。あぁんのさぁぁ……なぁぁんか、もぉぉおんくあるのかぁぁしらあぁ!?」

「ないです、ないです、ないですないですないですぅ!!」

「ないわよねー!!　で————」

メリメリメリメリメリ……!

アイアンクローを極めたまま、片手でレジーナを吊り上げるリズ。

「でさ～————……なんか、あんでしょうが、よぉ!!　人を囮にしておいて、何をいけしゃあしゃあと他人のせいにしてんだっつのぉぉお!」

「あだだだだだだだだだだだだだだだ!」

「ん～。聞こえないわねぇ」

「ご、ごごごごごご————」

「ご————?」

メリメリメリ……!　ぴきっ!

「ごごごごご、ごめんなさい、ごめんなさいごめんなさい!!」

「そーよ、そーよそーよ!!　そーよぉぉおお!　まずは、それでしょうがぁぁあああ!」

メキメキメキメキッ!

ご――め――ん――な――さ――――い!!

「人様(ひとさま)に迷惑かけたら、まず謝罪でしょうがぁぁぁっぁぁああああ!!」

「はいぃぃいいい!!」

ま、謝ってもやることは変わらない。

なので――。

アイアンクロ――……――。

――かーらーの――――!!

「悪い子には教えてあげる!! 謝罪するときは、人様の目を見て、お天道様に謝って――地に頭をつけて許しを請(こ)うものよぉ!!」

――おりゃぁあ!!

「い――――や――――――!!」

リズがレジーナの顔面を掴(つか)んだまま大ジャンプ!!

もちろん、ただで許すわけがない!!

……だから、まずはぁぁぁあああ!

すぅぅ……。

「上を見なさーい! ――まずは、お天道様(てんとさま)に謝ってぇぇぇえええ!」

「そ、それは、天井ぉぉぉおおおおおお!!」

お天道様みえな――い!!

「……知るかぁ！」

――おうらぁぁぁあああ!!

大ジャンプと腕力を活(い)かしての――――天井キッスじゃあああああ!!

「いやぁぁああああああ!!」

ああああああああ――――――!!

「――あぶしゅっ!!」

リズがレジーナの顔面を天井の梁(はり)と、そこにいた大蜘蛛(ぐも)の腹に叩(たた)きつける。

ブチュッ！　と蜘蛛が潰れて内臓が飛び出しレジーナの顔面をドロドロにすると、さらにぃいいいい!!

「いっだぁぁああ……あああああ、なんか甘いぃぃぃいいいい!!」

「――最後は地に頭をつけて謝罪するのが人の道ってもんでしょうがぁぁああああ!!」

天井スタンプからの～～～～……!!

「ひぇ!?　うそうそ!!　高い高い高い!!」

「たったの３メートルほどよぉぉおおお!!」

た――か――いぃぃぃぃぃい!!

「もう、いやぁぁぁあああああ――」

あああああああああああッッ!!

「こ――れ――がぁっぁああ！　リアル、ダイナミック、ジャンピング土下(どげ)

座よぉぉぉおおおおお！」

「いいいいいいいいいいいやあぁっぁぁあああああああああ——あべしっ！」

バゴォォオオオオオン……!!

ギルドの床を貫通するほどの力の籠もった土下座。

聖女と謳われた教会の権力者、枢機卿がダークエルフに頭を下げて謝っているのだ。

これは並大抵のことではない。

っていうか、力技だけど……。

奇しくも、マナックの隣に突き刺さったレジーナ。

足をピクピクさせているので、かろうじて生きてはいるだろう。

そして、リズはといえば、その所業に悪びれることなく、
実にすっきりとした顔で笑う。

「あ————すっきり」

ニッコリ。

その屈託ない笑い顔を見て、この子にだけは絶対逆らわないでおこうと心に決めるグエンであった。

第16話「なんだと……！　俺のせいで!?」

「ふぅ……すっきりした。あ、ごめんね？」

「え？　あ、え？」

リズに謝られたグエンは意味がわからずとりあえず頷く。

「いや、その……。この女にはアンタも言いたいことあったんじゃない？」

「うん、まぁ…………うん」

あるけどさ。

あるけどさぁ！

──あるけどぉぉぉお！

あんなダイナミックな土下座を見せられた後では、さすがにもうなにもできんわッ!!

ぶっちゃけスッキリしたし……。

「これで全部？」

「んー…………まぁな」

あえて言うなら、マナックの顔面もぶん殴ってやりたかったけど──────……これ以上やると死ぬか？

音速衝撃波（ソニックブーム）の一撃で吹っ飛んで昏倒（こんとう）するとはさすがに思わなかった。

ぶっちゃけ見かけ倒しもいいとこ……。

「ん？　マナックが手ごたえなさ過ぎて驚いてる顔ね」

「あ、あぁ……。まぁ」

図星をつかれてグエンが言葉を濁（にご）す。

『音速』が強すぎるのはさておき、それにしたってSSランクだぞ？

ワンパンでダウンはさすがに……。

「──『監察』としての調査対象は『光の戦士（シャイニングガーズ）』だったんだけど、まぁ……なんていうか、とりわけマナックがマークされていたのよ」

「え？」

再起不能になった連中を見ながらリズが手近にあった椅子（いす）を引き寄せ、背もたれ部分に浅く腰かける。

「……実力の割には成果だけは上がっているからね。どうにも不自然だったのよ」

「は？」

実力の割にって……。

「アンバスやレジーナは本物の実力者よ？　アンタも知ってるだろうけど、あとから入ってきたメンバーはそこそこに実力者揃（ぞろ）い──」

だけど、

「初期メンバーのアンタや、マナックは実力的にはどう甘く見積もってもせいぜいAランク。実際はBランク程度だったんじゃないかしら？」

う……。

それは否定できない。

マナックはともかくとして、グエンは少し前までの自分の実力をよく知っている。

高Lv(レベル)帯にいるとはいえ、アンバスやレジーナたちと比べると間違いなく数段低い実力だっただろう。

「だけど、成果は出しているし、やたらと地方ギルドからの受けはよかったからね——めきめきとランクを上げていったみたいなの……」

だ、だけど？

「だから、ギルドの中央部が訝(いぶか)しがって調査をしたら、最近横領(おうりよう)で逮捕されたギルドマスターが吐いたのよ。『光の戦士(シャイニングガーズ)』のクエストに口利(くちき)きをしたって」

「は？　く、口利き……？」

ど、どういう意味だ？

リズは曖昧(あいまい)な笑みを浮かべて簡単に説明してくれた。

それは、地方のギルドと結託(けったく)したマナックが、マッチポンプでクエストを仕掛けていたということ。

例えば、盗賊騒ぎ。

例えば、レア素材の採集。

例えば、探し人――――……。

「――で。どれもこれも、ギルドと結託すれば簡単にでっち上げられるのよ」

……あー。そういうことか。

盗賊は雇った連中を使えばいいし、
レア素材だって、自分であらかじめ準備して、その素材が必要になるように仕向ければいい。

探し人に至っては、自分で誘拐してしまえばいいのだ。あとはゴブリンの巣穴に放り込むな
どしておけば完璧――……と。

依頼人に毒を仕掛けるとか――。色々ね。

「どれも心当たりあるんじゃない？」

「……あぁ、確かに――。くそっ、なんてこった」

あるわ。

ありすぎるわ……！

「くそ！　くそくそくそっ。長年付き合ってて全く気づけなかった!!　疑いもしなかった!!」

「――でしょうね。アンタが馬鹿正直に下調べをして、情報を集めるために東奔西走していた
からこそ、発覚が遅れたのよ」

そ、そんな……！

「アンタ。まんまと不正の隠れ蓑（みの）に使われてたのよ。根が真面目（まじめ）だから――……」

「ば、かな……」

ガクリと膝（ひざ）をつくグエン。

自分の苦労が不正の温床になっていたなんて……。

たしかに、自分で仕掛けたクエストを達成するため、本気で下調べをする馬鹿がどこにいるだろう。

周りもそう見ていたからこそ、まさかマッチポンプでクエストをこなしていたとは誰も思わなかったのだ。

そして、

「……そして、マナック念願のＳＳＳランク昇格を前にして、ようやくアンタはお役御免（ごめん）――……で、最近の冷遇だったんじゃないかなー。とアタシはみているわ」

そ、そんなことって……！

「そんなことって――……!!」

そんなことってぇえええ!!

「――畜生（ちくしょう）ぉおおおッッ」

グエンの叫びが半壊したギルドに響く。

誰に向けるでもなく、ただただ胸の中にある苦い塊（かたまり）を吐き出すように。

あぁ、だけど、すべて合点（がてん）がいく。

納得できる。

理解してしまった。

マナック!!

お前って奴は……!!

「まぁ、マナックだけじゃないけどね。どうもこうも癖のあるメンバーばかりだと思えば——」

ギロッ!

リズが鋭い視線を向ける先にいるのは、
魔法杖を抱いたまま、ペタンと力なく座ってブルブルと震えている少女。

シェイラがいた——。

「ん? こいつがどうかしたのか?」

グエンはぶしつけにシェイラを指さす。

すると、リズが頭をガシガシと掻きつつ、

「あー。うん。この子は、魔法学園きっての大天才だったのよ。じきに王立魔法兵団入りも間違いなしと言われていたけど——」

けど?

「——学園で事件を起こしちゃってね。傷害事件だったんだけど、相手に重傷を負わせて学園を放逐されたみたい——ま、学園も不祥事をもみ消したから表沙汰にはなっていないけどね」

「へ? そうなん??」

「まーね。他にも色々あるわよ」

聞けば、騎士団でパワハラとセクハラを繰り返していたアンバスは解雇(かいこ)。

その後に入った傭兵(ようへい)団でも、同じく解雇。流れ流れてたどり着いた先がマナックの手下——。

レジーナに至っては、聖女だのなんだのと言われているが、要するに教会の政治の世界で金と身体(からだ)を使ってのし上がっただけ。

才能もあるにはあったらしいけど、実家の資金にものを言わせての強引な手法だったらしい。

おかげで教会トップの実力者の派閥(はばつ)には相当嫌われているんだとか……。

今は、ほとぼりを冷ますために修行という名目で野に下り、資金と力を蓄(たくわ)えている最中とのこと——……。

「それに比べて、アンタってばほ——————んと、つまんないわよね」

「うるせーよ」

ケラケラと笑うリズ。

大暴れをした後の割にはあっけらかんとしている。

「——で、どーすんのこれから」

「これからって……」

なにも考えていない。

それに、グエンはリズを————……。

「あ、そういえば。アホのギルドマスターがしゃしゃり出てくる前に、アンタなんか言おうとしてなかった？」

「う………」

い、言えるかよ。今さら――……！

リズと一緒に冒険がしたい！

俺とパーティを組んでくれ――なんてさ!!

「な、なんでもな――」

ガラガラガラ……！

「あんたらぁ………」

グエンの言葉を遮るように、瓦礫の中から怪しい人影一つ……。

それは、メラメラとしたオーラを纏ったギルド職員を背後に従えたティナだった。

「あ、あら？　ティナどうしたの？」

リズもさすがに空気を読んで、ちょっとタジタジ。

後ずさり気味に――……。

「や、」

……や？

「「「やりすぎじゃ馬鹿たれ――――!!」」」

ドカ――――ン!!

ティナとギルド職員の怒声がギルドと街中にこだましたとか、なんとか……。

第17話「なんだと……！　謝ればいいってもんじゃ――」

「あーもー。あ――――もぉぉおおおお!!」

ティナが頭を抱えてウンウン唸っている。

その最中にも駆けつけた治療院の術師や職員がエッチラオッチラと重傷を負った冒険者たちを運んでいく。

もちろん衛兵の監視付き。

「どーすんのよ、これぇ!!」

気絶したギルドマスターの頭をペチペチと叩きながらさめざめと泣くティナ。

それをアワアワと慰めるリズ。

「あ、あはは。ほ、ほら――嫌な上司を更迭できてよかったじゃん。コイツももう終わりだし」

「うわ――――ん、それはいいんですけど、うわ――――――ん！　職場がぁぁあ」

あーはい。

ギルドが半壊してますね、はい。

っていうか、俺のせいですよね――。

「そうよ、アンタのせいよ!!　どうすんのよ、責任取んなさいよ!!　あと、バツとしてリズさんは今夜、私の部屋まで来ること、薄着でぇ!!」

おう、ゴラ。どさくさに紛れて百合展開進展させようとしてんじゃねーよ!

「つーか、俺が悪いのかよ?　どう見てもマナックたちのせいだろ?」

「それとこれは別です!!『光の戦士』にはそれ相応のバツが下るでしょうが、ギルドを半壊させたのを、『はい、どーもぉ』で済むわけないでしょ!!」

だ、だからって……。

「──どーしろってんだよ!!」

「弁償に決まってんでしょ!!　弁償にぃぃぃぃいいい!!」

はぁぁあああ!?

「お前のとこのギルドマスターの責任だろ、こーゆーのはぁぁああ!!」

「やっかましいわ!!　リズさんとイチャコラしやがって!　それが一番許せないあ、ごほん!　それとこれとは話が違いますぅぅう!」

こっのやろー……。どさくさ紛れに本音と建て前が一緒くたになってやがる。

「俺は払わんからな!!」

「あー、お好きにどーぞぉ!!　そのことも含めて全部中央に報告してやるんだからぁあ!」

フンスッ!　と息巻いてティナがそっぽを向く。

そのままギルド職員たちに指示して、内部の清掃と負傷者の救助に当たり始めた。

どうやらギルドマスターが逮捕される事態になってからは、彼女が次の責任者らしい。

……大丈夫か、このギルド。

「グエン～……まずいわよ。形だけでも謝らなきゃ――」

「はぁ!? 俺が悪いってのか!? ギルド側の落ち度だろうに！」

はぁー……と再び深いため息をつくリズ。

「気持ちはわかるけどさー……。ティナたちみたいな、善良？ な職員からすれば――冒険者同士のいざこざに巻き込まれたって思われてもしょうがないわよ」

「う………」

た、たしかに、事の発端(ほったん)は『光の戦士(シャイニングガーズ)』だ。

そして、グエンもその一人だったわけで――……。

「ギルドマスターのことは、確かにアタシもモヤモヤはするけど……。ほら、わざわざギルドの中で暴れる必要もなかったわけで――」

いや、暴れたのはアンタも同じじぃぃぃいい！

……そ、そりゃ壊し方が一番ひどかったのは認めるけどさ――。

う、そうなると、やっぱグエンの責任は大きい？

冷静に考えてみてタラタラと冷や汗(あせ)を流し始めるグエン。

おそらく、『光の戦士(シャイニングガーズ)』やギルドマスター。そして、そこに加担した冒険者たちにはそれ相応の沙汰(さた)が下されるのだろうが……。

グエンも無関係かといえばそうではない。

少なくとも、回避のしようはいくらでもあったわけで……。

「あ、謝った方がいいかな？」

「おふこーす」

あー。

リズさん、世渡りうまそうですね、はい。

しょんぼりしたグエンがティナに頭を下げようとしたところで、

「あ、あの……」

クイクイと、グエンの服の裾を引くものがいた。

「あ？」

「う……」

確認するまでもない。

シェイラだ。

「ぼ、僕も……」

ボソボソと何か話そうとするシェイラ。

苛立つグエンは思わず、

「ああ!?　――聞こえねぇよ！　はっきり喋れやッ!!」

「ひぃ！」

ビクリと怯(おび)えたシェイラが小さく縮(ちぢ)こまる。

「グエン……」

それを見たリズがそっとグエンの肩に手を置き、彼を導くようにシェイラの肩にも手を置く。

「なんだよ……。俺は機嫌が悪いんだ」

「いいからッ！」

リズはやや強引に二人の肩を摑(つか)んで、互いに顔を合わせさせる。

シェイラもリズに肩を触れられては、顔を上げざるを得ない。

「ちッ」

おずおずと見上げてくるシェイラの顔を見たくなくて、グエンがそっぽを向く。

「子供じゃないんだから！　もうッ」

リズが苛立って、グエンの鼻をつまむ。

「いだだだ！」

「ほらぁ！　顔くらい合わせなさいよ」

くそ……！

クサクサした気分ではあったが、リズに無理やりシェイラのほうを向かされる。

そこには、おどおどとして涙ぐんだシェイラがいた。

相変わらず小さくて……、今はとても弱々しい。

少し前の勝気な態度と、年上を年上とも思わない生意気な雰囲気(ふんいき)はもはや少しもなかった。

「ち……なんだよ」

「あ……う。その――」

グエンに睨まれると、シェイラは反射的に目をそらす。

だが、すぐに思い切って目を合わせると、

「あの――ぼ、」

「あ？」

僕も!!

「僕も一緒に謝る！　僕も――」

そう言って、懐を漁り可愛らしいデザインの財布を取り出すと、中からピカピカの金貨を何枚も取り出しグエンに差し出す。

「これ、僕のお小遣い……全部、です」

だから、

「ま、マナックたちや、僕のやったことも全部……。全部ッ!!」

全部ッ……!!

泣き出しそうな表情でシェイラが叫ぶ。

僕を許して――と、

「あッ！」

ごんッ!!

「あっだ！　なぁにすんだよ！」

「──威嚇しないの！」

ついつい口調が荒くなるグエンを叩くリズ。

「ったく、もぉぉ……」

「──おまッ！　俺がどういう目にあったか……！」

「それはアタシも同じ」

う……。

そ、そうだけど──。

「だ、だけど、俺は──ま、前からコイツに……こいつ等に！」

「それは今言うこと？　……それは、その時に言わないアンタの責任でしょ？　今、この子が謝るのは、今とあの時のことであって──昔のことじゃないでしょ？　それにねぇ……昔のことを言うなら、それは全部この子だけに責任があるの？」

いや。

うむ……。

うぐぐ……そ、そうだけど──。

「小さい男──」

「ぐぅ……」

グエンは言葉に詰まる。

ぐうの音も出ないとはこのことだ。

もちろんグエンにだって言い分はあるし、ひどい扱いを受けていた当時のことを知らないリズにとやかく言われるのも業腹だった。

だけど――――。

だけど、リズの言うことの正しさもわかる。

何より……。

グエンはそれ以上に、自分の狡さを知っていた。

昔なら言わなかったことも、今なら言えるのはシェイラが圧倒的に弱い立場になったからだ。

称号を得て、リズという支援者を得て……。

マナックたちを伸して――彼女が一人になった。

そして、
ほとんど「ざまぁ」したあとだから、こんな態度に出れる。

自分が圧倒的優位に立っているから……この態度なのだ。

(確かにこれじゃぁあな……)

リズに小さい男と思われても仕方がない。

だってそうだろ？

少なくとも、以前なら考えられなかったことだ。

以前のグエンなら、拳を握りしめつつも、

卑屈に笑い、一言目にはとりあえず謝罪していた。

そう。

絶対に逆らったり、こんな風に強気に出るなんてことなかったはずだ。

そう。

パシリに甘んじていた時なら――。絶対に。

「くそ……」

「ほんっと、頑なよねー……」

リズがため息をつく。

「お前には……リズにはわかんねぇよ――」

いい歳こいたオッサンが、子供に馬鹿にされてパシリにされるのだ。

その屈辱……！

――ギリリリリ……。

歯ぎしりするグエンを見てシュンとしてしまったシェイラ。

「そう……だよね。許してなんて言えないよね……」

「あぁ、許さねぇ――絶対に」

「ひぐ……」

スパァン！

「いっだ!!」

「しつっこい!!　もぉう……！　いつまでも拗ねてんのよ」

うっさいなー……。

「許さねぇけど、」

「だ・か・らぁ！」

そう。許せるものかよ……！

「――そもそも、謝る相手はギルドにか？　おゔ!?」

「うッ。あ……」

シェイラは言った。

僕も謝る。と――。

つまり、グエンと一緒になってギルドに謝罪するというのだ。

だけど、それは違う――それはシェイラには関係のないことだ。

グエンが言いたいのは…………！

「ご、ごめんなさい!!　グエン、ごめんなさい!!」

そうして、初めてシェイラが謝った。

ここで再会した時とは違う、それ。

本心で、心の底から――。

確かに、

あの時の、驚きと恐怖で謝ったそれとは違う。自分の意思で、自分の声で、自分のことをしっかりと――。

だが、聞かねばならぬ。

「……何についてだ？」

追及するグエンを見て、「はぁ……」と、肩をすくめるリズ。

しつこい男と思われているのかもしれない。

だが、それでもいい。

…………これはケジメだ。

「あぅ……あ。その、パ――……パシ、ううん！　む、無理やり、用事を言いつけたり、ば、馬鹿にしたり、その、物を投げたり、仲間外れにしたり――」

う……。

子供にあらためて言われると結構突き刺さるな、これ。

だが、まぁ……うん。自覚はあったのだろう。

うんうん。

ちゃんと素直に謝ってくれれば、いずれ許せる日が来るのかもしれないな……。

「ひ、ひどいこと言ったり、みんなの前で意地悪したり……」

うんうん。

ちゃんと覚えてるんだな。そして、悪いことだと理解していた。

それがわかっているなら、多少は――……。

「………ご飯にゴミ入れたり、不幸の手紙書いたり、」

うんうん…………って、うん――。

は？

「――べ、ベッドにカエルとか蜘蛛（くも）を入れたり、お風呂のお湯を水に変えたり――それに、」

え？

う、ううぅん⁇

え？

ちょ……。え？　ええ⁉

は？

「く、靴下に穴空（あ）けたり……手袋の片方を捨てたり――」

は、は？

はっぁあああ⁉

「便所に時限式の魔法陣を仕掛けたりしました――うわぁぁあん、ごめんなさーい‼」

…………………前言撤回、
絶対許（ぜっゆる）さんッ――‼

「あ――」

ニコリと笑ったグエン。

「あ？」

「「あ⁇」」

シェイラも、リズやティナも首をかしげる。

すううう………。

「あ・れ・は・全・部・お・前・かああああああああああ‼」

第18話「なんだと……！　ぶっ殺すぞクソガキぃぃぃぃぃ！」

「ひぃぃいいい‼」

「ぶっ殺すぞ‼　クソガキぃぃぃぃぃ‼」

あーもう‼

な――――んか、変だと思ってたんだよ‼

靴下にはやたらと穴空くし‼

手袋はいつもなくなるし‼

便所が大爆発したのも――――「全部お前かぁぁぁああああああ‼」

うが――――――――――‼

怒り心頭のグエン。

これにはさすがにリズも「あちゃー」といった表情。

正直なのはいいけど正直すぎて、グエンの怒りのボルテージがＭＡＸを超過して戻ってきませんよ!?

「あーうー……シェイラ、それはやりすぎ。ごめん、庇（かば）えないわー」

「庇うな!!　ぶっ殺してやるこのガキぃぃい!!」

スコップ片手に脳天カチ割ってやると、グエンがギャーギャー怒る。

「ひぃぃぃいい!!　ごめんなさい、ごめんなさい！　ごめんなさい!!」

「ごめんで済んだら衛兵（えいへい）はいらね――――んだよ――――!!」

ムッキ――――!!

「一個ずつ仕返ししてやらぁぁああ!!　まずは便所大爆発じゃー!!」

「あーあーあーあーあー。落ち着きなさいって!!」

これが落ち着けるか!!

便所が大爆発した時の光景を知らんからそんなことが言えるんだよッッ!!

つ――――か、

「全部このガキのいたずらか、この野郎――――――!!」

ぶっころ!!

絶対ぶっ殺ッ!!

「ごめんなさ――――――――い!!」

グエンがブチ切れて、しばらく収拾がつかなかったとかなんとか……。

そして、小一時間が経過。

「くっそー……。カエルとかさー、不幸の手紙とかさー……お前は子供かッ」

「子供よ！」

リズの的確な突っ込み。

「――あ、子供か……」

はい、そうでした。

「くそ……。ち――」

「ひっく、ひっく……ごめんなさい」

あーもう。マジで腹立つ。

ご飯にゴミとか知らんかったぞ……!?

つーか、俺ゴミ食ってたことあるの!?

「――くっそー……知らん方がいいこともあったわ」

おえ、吐きそう……。

コイツの悪戯は度が過ぎてるから、ゴミでもいったい何を入れたことやら……おえええ。

(詳しくは聞かないほうがよさそうだ――それよりも、)

「――……で、それだけか？」

「ううん……。僕、グエンを見捨てた。パーティに帰った後も、グエンを貶める手伝いをした。言われたからとか、怖かったからとか、言い訳しないよ──僕が、僕が……」

ご、ごめんなさい。

「ち。……わかっててやったんだな」

「うん……」

「グエン……──」

はぁ。

「わーってるよ」

ポンッ。とグエンはシェイラの頭に手を置くと、ポンポンと軽く触れる。そして、

「あ──」

ゴンッ!!

「あぅ!!」

いい音をさせて、シェイラの頭に拳骨を落とす。

「悪いことをしたら、大人に怒られるもんだ。……わかったな?」

「う、あう……ごめんなさい」

シェイラは涙ぐんで頭をスリスリとさする。

もっとも、音は派手だが、そこまで強くは殴ってない。

そもそも、グエンの攻撃力はゴニョゴニョ……。

「水に流しはしねぇし、許しもしない。だけど、謝罪は聞いてやる――今はそれだけだ」

「うん……うん……」

ポロポロと涙を流すシェイラ。

だが、グエンは慰めるでもなく、許すでもなく。もはや、声をかけることもなくシェイラから離れた。

あとは時間と本人に任せる。

もう、許せるという段階はとっくに過ぎているのだ――だから、これがグエンにできる最大の譲歩だ。

そんなグエンを見てリズは肩をすくめるだけ。

軽くシェイラの頭をポンッと優しく撫でると、彼女も去っていく。

「あッ……」

目の前には可愛らしいデザインの財布が一つ。

金貨には手がつけられていない。

「………そうだよね」

謝っただけで許してもらおうだなんて虫が良すぎた。

シェイラはそう理解した。

昔も、こうして失敗して――学園を放逐された。

結局同じ失敗をした……。

だけど、

「――――もう、失敗しないよ。言い訳もしない……」

ノッシノッシと歩いていくグエンの背中にペコッと頭を下げる。

本当なら殺されてもおかしくないのに、拳骨一個で解放してくれたグエンに感謝を――。

いつか、いつか……いつか許してくれるなら。

その時はリズのように――。

「一緒に戦うよ――。今度は逃げずに……仲間として」

涙を拭(ぬぐ)い、後悔を胸に、たくましく歩いていくグエンを見ながら――――……。

「ティナさん!!　ごめんなさ――――い!!　弁償(べんしょう)しますぅぅううう!!」

と、ジャンピング土下座(どげざ)をしてるグエンを見て、ズルリとずっこけつつ……。

「あるぇ？」

一瞬でも、グエンがカッコよく見えたシェイラであったが、どうやら目の錯覚(さっかく)だったようだ。

第19話「すいません、以後気をつけます」

ペコペコと謝罪するグエンとリズ。

いくらギルドにも責任があるといっても、なんでもやっていいわけではない。

もちろんギルドマスターは逮捕されるし、ギルドの落ち度も追及される。

されるんだけど……。

「ギルドの復旧費用は——こちらの落ち度も含めて半額にします。リズさんと折半してください」

「お、おう」

「はーい」

ちなみに、リズに関してはその行動の責任をすべてギルド中央が持つので、彼女の懐は痛まない。

それよりも、

「——それよりも、街の被害のほうが問題です。ギルドの破片があちこちに飛び散って、さっきから被害届の数が半端じゃありません」

はぁ、と頭を抱えたティナ。

再開するどころか、再建のめどすら立たないのに、ギルドにはさっきからひっきりなしに住民が入れ替わり立ち代わり訪れ、「責任者を出せッ」と怒鳴りこんでいる。

その責任者はさっき衛兵隊にしょっぴかれたため、ここにはいないわけで——仕方なく臨時かつ次席の責任者のティナが平身低頭して謝罪しているのだ。

そりゃ、グエンに一言いいたくもなるだろう。

「そ、そんなに……？」

「ええ、もう、たっくさん！」

ニコォ……と、黒い笑みを浮かべたティナ。

そこにメラメラとしたオーラを感じたので思わず口を噤むグエン。

「──う……。ひ、被害額いくら？」

「さぁ。ギルドの被害はまぁ……金貨50枚といったところですか。幸い基部は無事なので壁と床の修理で済みそうです」

ほっ……。

「ただ、街の被害は────……ちょっと想像がつきません。たぶん、金貨１００枚は下らないかと」

「ひゃ、１００枚!?」

ま、マジかよー……。

「とはいえ、その辺はギルドマスターの責任を認めさせて、彼の財産を没収すればある程度は補填できますが……。ただ、街とギルド中央の受けは相当悪いと思いますよ、これ」

ですよねー……。

何事もやりすぎはダメだということ。

「しょぼ～ん……」

ガックリと肩を落としたグエン。

別に褒められたいわけじゃないけど、好き好んでギルドに睨まれたいわけでもない。

「ま、まぁ。そんなに気を落とさないでよ――中央にはアタシから言っとくから」

「お、おう」

リズがケラケラと笑っている。

……いや、アンタ面白がってるけどね!?

アンタのせいでもあるのよ？　これ。

「で、状況は理解したよ。とりあえず弁償はさせてもらうから。……えっと、とりあえずこれで」

グエンは素直に金貨をティナに払う。

幸いにも報酬がたんまりあったので即金で払うことができたのはありがたかった。

もし、支払いできなければ借金を背負う羽目になっていたかもしれないし、
最悪、奴隷落ちもあり得た。

「どーも。とりあえず、本件はこれでなんとか収めてみます」

「すみません……」

なんか納得いかないけど、これが世間というものだ。

リズみたいにうまく渡っていかないとなー。

「はぁ、事後処理が大変ですよ……」

お疲れさまです。

トボトボとギルド職員たちのもとへ向かうティナ。

いきなり責任者の代理を押しつけられパンク寸前なのだろう。

（まぁ、頑張ってくれ――としか言えんけど……）

青い顔をしたティナを見送り、グエンはさてどうしようかと悩む。

「んー……。とりあえず、これからどうするのグエン？」

「あ、おう。飯代稼がなきゃならないと思ってたんだけど、なんか大金が手元に転がりこんできたからなー」

どうしよ。

本来の予定では、ソロか――できれば、リズとパーティを組んで冒険者を続けたかったのだけど。

「今のところ考えはねぇなー」

「そう？　それなら……。えっと――」

突然、モジモジしだしたリズ。

（ん？　なんぞ……??）

「あ、あのさッ。アタシ――この監察の仕事が終わったらしばらくフリーなんだよね」

ん？

うん……。そういや、外部委託とか言ってたね。

「あ、その……。ぐ、グエンさえよければ――」

リズが珍しく言葉を濁らせる。

ん？

なんだろ、これデジャブか……。

「――ぐ、グエン!!」

リズが言葉を言い切る前に、グエンの足元にチビッ子――もといシェイラがトテトテとやってきた。

「あん？」

なんだよ。

いま、話し中――……。

「ちょっと、今グエンと話してるのアタ――」

「僕をパーティに入れて!!」

は？

「ずっと考えてた！　ずっと謝りたかった！　ずっとどうしたらいいか……。ずっと、ずっと――！」

感極まった表情でシェイラが叫ぶ。

「僕、どうやってグエンに許してもらえばいいかわからない！　だ、だから――」

シェイラがグエンの足に縋りつく。

「ぼ、僕を……。僕を貰って！　僕を――」

は、はぁぁ!?

な、なに言ってんのこの子――――。

第20話「すいません、で済んだら衛兵隊はいらねぇぇぇえんだよぉぉお!」

「は、はぁぁあ？　何言ってんのお前？」

「お願い、グエンッッ!」

ヒシっと足に縋りつくシェイラを鬱陶しげに振り払おうとするも、彼女は必死に掴む。

おかげでプラーンと子猫をぶら下げたような状態に。

「ぼ、僕……どうやって償えばいいのかわからなくてッ」

「――なら、衛兵隊に出頭しろや」

至極当然。

何をシレっと、僕無罪です――みたいな顔してんねんッ!

「だ、だって……」

だっても、さってもないわッ!!

「お前もあっち側じゃぃ!!」

エッチラオッチラと運ばれていくマナックたちを指さすグエン。

それを見るシェイラ。

「や、やだよ！　ぼ、僕……！」

遠巻きに、ムンムンと威圧感(いあつ)を醸(かも)し出す衛兵が控(ひか)えている。

どうやら、グエンとリズに遠慮しているらしいが……。

「あ、衛兵さん。コイツ――――」

「や――――!!」

ぎゅー！　と、腕にしがみつき、体を押しつけてくるシェイラ。

……残念ながら、まな板すぎてうれしくとも何ともない。

だけど、

「――おやおや。まぁまぁ、ほうほう……。グエンんん」

何か知らんが、リズはジト眼(め)でグエンを睨(にら)む。

「な、なんだよ？」

「いつの間に口説き落としたんだかー。へー、そーいう子がいいんだ？」

は、はあああ??

「お前の目は節穴(ふしあな)かッ!?」

いつ(When)、どこで(Where)、誰が(Who)、何を(What)、なぜ(Why)、どのように(How)ッ!!

５Ｗ、１Ｈ!!

「こんなクソガキ口説くかぁぁぁあああああ!!」

うが――――――――――!!

「お願いグエン!! 僕、何でもするから!!」

あ? 何でもぉ!?

「う、うんッ! 掃除も、洗濯もやるッ! いつもグエンがしてくれてたこと全部!」

「ほう～……全部ぅ？」

お前みたいなクソガキが、俺のやってきた雑用できると思ってんのかよ。

「うん! りょ、料理も……ギルドの依頼の下調べも、買い物も――――うん! パシリでもなんでもやるッ!」

「あ? それだけだと思ってんのか? このガキは――」

そんな目に見える仕事だけなわけねーだろ!!

有力者へのあいさつ回りのための、下準備に。

街の市場相場の調査。それに近隣の魔物の傾向に、酒場での噂の収集。

まだまだ、あるぞ!

「――お前なんざ、いなくてもできるわ!!」

「うぅ……。だ、だって――ほ、ほかに何を…………はっ!?」

お、気づいたか? 俺の苦労を――……。

「え、エッチなことは無理だよ!!」

ガンッ!!

思わずずっこけたグエン。近くのテーブルに頭をぶつける……。

「──す・る・か、ぼけっ!!」

激昂するグエンを見て、ぎゅー……と、自らを抱きしめるシェイラ。

うん──殴っていいこの子？

「ダメよ」

「へーへー……」

リズの突っ込みに唇を尖らせるグエン。

「そ、それ以外なら本当に何でも……」

はぁ……。

「だったら、まずは出頭!!　こわーい、お兄さんのところでコッテリと絞られてきなさいッ！」

話がしたいならまずそれからだっつの!!

まぁ、子供だから、最悪──罰金かちょっとした体罰程度で済むだろう。

間違っても懲役にはならんからそこは安心していい。

「ううう……うわ────ん!!」

ついに泣き出したシェイラ。

「ったく……」

呆れて頭をガシガシと掻くグエン。

だがな、
出頭もしたくない。

でも、許してほしいって……ちょっと都合がよすぎるぞ。

さすがに呆れてものも言えなくなったグエンが、リズや遠くで打ち合わせ中のティナに視線を送るが、誰も答えてくれない。

そのうち、視線は一人の男に――――……お、衛兵さん。

ちょうどいいや、

「おーい、アンタ――――このガキを、」

シェイラを出頭させようと、首根っこを掴んだグエン。

その時、グエンの目に留まった衛兵なのだが、彼はどこか遠くから駆け戻ってきたばかりらしく全身汗だくだった。

「はっ、はっ、はっ……！」

そのまま、ギルドに駆け込むと肩で息をしながら必死に呼吸を整えている。

見かねたギルドの職員が水を一杯差し出すとそれを一息に飲み干し大きくため息をついた。

「ぷはぁ……！」

「おい、ちょっと――コイツを、」

どんっ！

シェイラを突き出そうとしたグエンだったが、思いがけず突き飛ばされる。

その衛兵はグエンなど目に入らぬかのようにギルドの奥に向かうと、職員がたまっている場所に駆け込んだ。

「ってぇ……！　なんだあいつ――」

「大丈夫、グエン――アンタ防御力が紙なんだから気をつけ――……なッッ」

突き飛ばされたグエンをリズが助け起こすが、その目がスゥっと据わった。

それはパーティにいた頃のリズの目つきだ。

まるで、フィールドにでもいるかのように目を細めたリズがポツリとつぶやいた。

「この気配………――来るわッ」

は？

来る……？

「なにが⁇」

グエンの疑問にリズが答える前に、

「はーはーはー………！　ぎ、ギルドマスターはいるか⁉」

駆け込んできた衛兵はぶつかったグエンのことなどまるっきり無視してギルド職員に話しかける。

だが、その言葉を聞いた彼ら職員たちは思わず、訝しげに顔を見合わせる。

なぜなら、その一言だけでも、この衛兵が今日起こった騒動について何も知らないことは明白だったからだ。

ならば彼はどこから来たのか——。

チラリと服装を確認すれば、衛兵の装備は街の外を巡察する斥候の装備だ。

つまり、街の中の衛兵ではなく、外を守る精兵だということ——。

そんな彼が息せきを切ってここに駆け込んできたのだ。

これは何かあると——リズを含め、ギルド中に残っていたものが気を引き締めた。

だが、ギルドが半壊していることにも気づかぬほどに切迫した様子の衛兵は、周りを見る余裕もないのか、近くにいたティナに摑みかかる。

「は、早く！　急いでくれ——ギルドマスターを！　あるいは、この場の責任者でもいい!!」

「ま、マスターはいないわ……。せ、責任者は私ですけど——」

たじたじとなったティナがなんとか声を絞り出すと、その衛兵がティナに嚙みつかんばかりの勢いで叫ぶッ。

「な、ならアンタでいい!!　だ、誰でもいいから、今すぐ冒険者を全員招集してくれッッ!!」

「は？　な、何を言っているの？　冒険者って……。衛兵隊は？」

グビリと衛兵はねばつく唾液を飲み込むと、喘ぐような声で喚き散らすッッ!!

「そんなものはとっくに招集済みだ！　いいから早く!!」

「わ、わかったけど——じ、事情くらい……」

ティナの困惑を苛立たしげに見ながら、衛兵は言う。

とても、とても重大な一言……。

「魔物の大群(モンスターパニック)だ!!」

「「「「なッ!?」」」」

ギルド中の人間が一瞬にして凍(こお)りつく。

「哨戒(しょうかい)中に発見したんだ、間違いない!!　時速約10ｋｍ――――魔物の領域から、も、モンスターの群れが来るッッ!!」

い、急げッッ!!

群れ(ホード)が……。

軍団(レギオン)が…………――――!!

ま、

「――――魔王軍の来襲(らいしゅう)だッッッッッッ!!」

第21話「さてと、やるしかないようだな！」

「「「ま、魔王軍んん!?」」」

ギルド中の人間が一部を除き素(す)っ頓狂(とんきょう)な声を上げる。

グエンもその一人だ。

「魔王軍って。お、おい。何の話だ？」

意味がわからず、グエンはリズを振り返る。

もちろん、快い回答と反応を期待してのことだが……。

そこには険しい顔をしたリズがいた。

「まずいわね……。まさかこのタイミングで——……いえ、必然だったのかも？」

ぶつぶつ。

「おい。おい！　リズ、何の話だ？」

グエンがリズを問い詰めようとしたその時。

「ちょ、ちょっと待ってください——！　ほ、本当ですか？　その話は!!」

ティナがギルドの奥で職員と衛兵に囲まれながら大声を上げている。

その声には明確な焦りが含まれており、時折グエンたちにも視線を投げていることから、どうもグエンたちに関連していることのようなのだが……。

「あ、やばい雰囲気かも」

「は？」

リズが面倒くさそうな顔をして、こっそりとギルドから抜け出そうとする。

「グエン、アタシはいないって言っといて——」

「そうはいくか、SSSランクぅ！」

がしぃ!!

こっそりと抜け出そうとしたリズの首根っこを摑む影――――ティナぁ!?

「はっや!!」「はやっ!!」

「逃がすかっつの!!」

暗殺者のリズをほとんど知覚させぬ速度で拘束したのは、現ギルドの責任者ティナだ。

敏捷9999、かつ『光』の称号を持つグエンですらその動きに反応できなかった。

「リズさぁぁぁあん…………。SSSランクともあろう人が、やばそうな雰囲気を察して逃げようなんて、どういう了見ですかぁ」

ニコォ……!

黒いオーラを纏わせながらティナが笑う。

顔こっわ……!

本来関係ないはずのシェイラですら、「ひぃ!」と悲鳴を上げて、へたり込んでいる。

「い、いや……。な、なななななん、なによ!? あ、アタシはもう仕事終わったしー。あとはほら、ギルド本部に報告書を提出するだけなのー」

うんうん。

ティナがニコニコと笑いつつ頷く。

そして、

「――なのー……じゃないわよぉ!! うちのギルドの苦境を察して逃げるなんてひどすぎるわ

っ！」

「いや、だってぇ……」

リズはチラリとグエンを見て、そしてまたティナを見る。

「十中八九――魔王軍を迎え撃てとか言うんでしょ…………⁉」

「はい」

至極あっさり、ニッコリと笑いながら答えるティナ。

「だから、やなのぉぉぉぉおおお!!」

「それでもSSSランクですか!!」

全力で拒否するリズと、全力で拘束するティナ。

何とかもがきながら逃れようとするリズと、ガッシリとホールドしつつ、首筋をクンカクンカと嗅ぐ百合野郎。

「――無理!! 群れとか無理ぃ!! アタシは暗殺者なの!! 大群と闘うのに向いてないことくらいわかるでしょ!!」

「でも、他に人がいないんですぅぅぅう!! お願いしますぅぅぅううう!!」

ぐぎぎぎぎぎぎぎぎ……！

ギリギリと肉を絞る音。

君ら、すっごい格好しとるで⁉

「ほ、ほら！ ここは衛兵隊いるじゃん！ 城壁もあるじゃん!!」

「数が全然足りませんよぉ!!　城壁だって、相手は魔王軍ですよ!?　もつわけないじゃないですか!!」

「やだー、やだー!」と全力でもがくリズを助けようとグエンは言った。

「い、いや。ティナさん。何もリズ一人に頼らなくても――さっき、あんなことがあったばかりですし……」

「はぁ!?　何を無関係みたいな顔してんですか!?　アンタも参加決定ですよ!」

え?

「え?　じゃないわよ!　アンタもSSランクでしょうが!!　何をシレーとしとんねん!!　ほらぁこれぇ、ギルド規定第34項――ギルドが緊急事態と認めたるときは、冒険者はその指示に従わなければならないッ!　はい、復唱!」

「はぁぁぁ?!　さっき、お前んとこのギルドマスターのせいでエラい目にあったのに、今度はギルドの命令に従えだぁぁ!?」

――ふざけんなし!!

「しょうがないでしょ!!　緊急事態なんだからッ!　冒険者(社会人)なら、多少の理不尽くらい呑(の)み込みなさいッ」

「ぐぬ…………!」

いや。

わかってるよ……!

それが冒険者の義務だってことくらい――――！

「社会(冒険者界隈)は甘くないのよ⁉　それが働くってことなの‼」

「そ、そうかもだけど……」

だけど、このギルドの言うことを聞くのは少々業腹(ごうはら)だ。

ギルドマスターの件だってモヤモヤしてるってのに……！

「いや、でも。何も俺やリズにだけ頼らなくても、」

「はぁ？　他に誰がいるってんですか⁉」

「いや、ほら。冒険者を今から招集すれば、それなりの戦力に――……………………って」

……あ。

言ってしまってから気づいた。

その冒険者って――。

「お、お、お、」

あ、ティナさんキレそう。

「――お前らが壊滅させたんやないか――――――い‼」

「――ですよねー」

そ、そうでした……。

さーせん――。

鬼の形相(ぎょうそう)で言うティナに再び頭を下げるグエンであった。

しかし、それを見るや否や、

「…………その。こう言ってはなんですが、私どもも申し訳なく思っています」

「え??」

グエンのつむじを見ながら、ティナが声の調子を落とすと、

「しかし――――……」

リズも拘束を解かれて肩をぐるぐると回す。

さすがに逃げるのは諦めたらしい。

「しかし！　今頼りにできるのは、あなたたちしかいないんです!!」

そして、グエンとリズの手をガシリと摑むティナ。

まるで懇願するように――いや、本当に懇願しているのだ。

「お願いします！」

ギルドの規定で無理やり従わせることもできるというのに――――だ。

どうか……。

どうか――――!!

「どうか、お願いします!!　街を――……私たちを救って下さい！　お願いします!!　……SSとSSの名を冠する最強の冒険者どの！」

そう言って、今度はティナが深々と頭を下げた。

それに合わせてギルドの職員も、

駆け込んできた衛兵も――――。

「「どうか!!」」

その懇願がギルド中に響きわたったあと、この空間全体がシンと静まりかえる。

そして、

「――――はぁ……。まぁねー、今さら逃げるっていっても、」

「この街がやられたら、次は別の街が襲われるだけか……」

グエンは天井を仰いだ。

リズは両の手で顔を覆う。

そして、二人してほんの束の間、物思いにふけるも――――。

「「ふぅ………………!」」

同時に顔を向けると、目線を合わせた。

「二丁やってやるか」

「アンタがやるってんなら――――」

そう言って二人は小さく笑みを浮かべ、互いの得物を打ち合わせる。

グエンは折り畳みスコップを、
リズが短刀の柄を、
互いにキンッ♪　と合わせると、すぐに準備に取りかかった。

第22話「さてと、準備を整えようか」

ひゅぉぉぉおおお…………。

魔王軍が進軍するとみられる進路の先。

少し小高い場所にグエンたちはいた。

光速移動(ファストラン)ッッ!!

シュタ!!

光速移動したグエンが、仮設の陣地に降り立つ。

「あら、おかえり」

「あぁ」

全身を泥(どろ)でカムフラージュしたグエンが、陣地の中ほどで仁王立(におうだ)ちしていたリズの前に立つ。

二人とも異様な出(い)で立(た)ちだ。

グエンの格好(かっこう)は、泥を塗っているだけでなく、それ以上に全身を隠すように枯葉や網(あみ)で体を覆(おお)いつくしている。

そして、リズはといえば、

少女のような外見に似合わぬ、戦化粧。うねるような紋様のカラーペイントを、顔から胸、そして背中にかけて施していた。

「見てきた。すげえ数だったぜ」

「そ。じゃあ、砂盤に反映してくれる？」

互いに気心の知れた親友のように、軽く言葉を交わすと、二人して陣地の中に潜り込む。

リズは「これね」と、言いながら、グエンを待つ間に作っておいた簡易の作戦図を示す。

それには、ちゃんと街の模型とリズたちの駒が配置されており、なかなか精巧な出来だった。

「へぇ……」

空を駆けてきたグエンには、まるでミニチュアの街を見ているようで、先ほど見てきた光景が二重写しとなり、不思議な気持ちになった。

「こんなものまで——すごいな……まるで軍人じゃないか？」

「ふふん。職業柄——ね」

暗殺者とはこんなことまでするのか？

謎めいたリズの素性にグエンは、彼女のことを何も知らないことを改めて思い知らされた。

「ん？　どうしたの？」

グエンの態度を訝ったリズが明け透けに尋ねてくる。

さっぱりとした性格のリズはこういう時に忖度したりしない。

「あ、いや——……俺はリズのことを全然知らないなーと……」

「アタシのこと？　あー……。まぁ、アタシはグエンのことなんかよく知ってるけど——確かに、アタシの話はしてないわね」

お、おう。

「んんー。何？　なになにぃ〜。もしかしてアタシに興味あるのぉ？」

煮え切らないグエンの態度を見て、途端にいたずらっ子のような目を向けるリズに、

「当たり前だろ。命を預ける仲間だ——。それに、」

「え。あ、え？　あ、——う、うん……」

思いがけず、真剣に答えてきたグエンにリズが逆に戸惑う。

「それに、俺はリズのことが気に入ってる——」

「ええええ!?」

グエンのストレートな物言いにリズがひっくり返らんばかりに目を剝いて驚いている。

顔が真っ赤っか!!

「そ、そそそそ、そんな急に——！　こ、心の準備が、」

「…………いや、もちろん仲間として。そして、人としてリズほど信頼の置ける人間を俺は知らない」

「あ、なか、ま。——あー……うん。どうも」

途端に、目がストンと据わるリズ。

なにやら真っ赤になっていた顔がスー……と元に戻っていく。

だが、グエンはそれに気づくこともなく続ける。

「――……あの時、リズだけが戻ってきてくれた。誰もかれもが逃げ出す中……危険を冒して君だけが」

「何言ってんのよ。最初に仲間のために踵を返したのはアンタじゃん。……アタシも所詮は自分本位な人間よ？　アンタが引き返さなきゃ、シェイラを助けに戻るなんて考えはなかったわよ」

そう言って、仮設陣地の隅っこで大人しく膝を抱えて座っているシェイラを見るリズ。

「な、なに？」

「「なんでもない」」

グエンとリズのつっけんどんな返答にシュンとするシェイラ。

本来彼女はここにはいられない。

衛兵隊に引き渡され、すっさまじい～尋問を受けることになっていただろう。

だが、人手不足と、まともに動ける高ランク冒険者の不足から、犯罪者一歩手前のバカであっても、急遽駆り出されることになったのだ。

当然ながら、監視としてリズの監督下に置かれてはいたが……。

それでも人手不足は否めない。

現在の兵力の運用は付け焼き刃もいいところ。

衛兵隊は目下城壁に布陣して、防御兵器を操作中で、バリスタに、カタパルトを展開し、街の手前で魔王軍を迎え撃つ最終兵力とする予定。

そして、前方ではグエンとリズを中心とした高ランク冒険者の編成で対応する。

急遽招集された冒険者は、いくつかのグループに分かれて魔王軍を迎え撃つ態勢だ。

もっとも、ギルドマスターに加担しなかった冒険者自体が少ないので、残った僅かばかりの冒険者が貧乏クジを引いた状態。

扱いもやや雑で、少数精鋭の高Lv帯のみがこうして前に出ているのだ。

それ以外の低ランク冒険者は街で補助役。

さすがに練度が低すぎて前線運用は困難と判断されたらしい。

まぁ、街でもやることはいくらでもある。

で――――グエンたちは当然、前線の最前部組。

地面を掘っただけの仮設陣地を与えられていた。

これだけを見ても、衛兵隊がどう考えているか一目瞭然だ。

だから、言える。

辺境の街の守備隊は、ここで魔王軍を完全に倒すなんて端から諦めているのだ。

そして、冒険者たるグエンたちにできることは少ない。

今できることは、多少なりとも、勢いを殺し、その情報を持ち帰ることだ。

それこそがリズたちの主目的であり、物見役が冒険者に課せられた任務であった。

「偵察目的はグエンの報告で達成済みよ。街には行った？」

「もちろん。規模と種類だけを大雑把に伝えてきた」

伊達(だて)に光速移動(ファストラン)ができるわけじゃない。

「良好良好(グッジョブ×グッジョブ)♪」

リズは鈴を転がすような軽やかな声で答えると、砂盤に視線を落とす。

「じゃ、こっちもよろしく――――逃げるにしても、できるだけのことはやらないとね」

そう言って、グエンが駒を並べていくのを横から口を挟(はさ)みながら眺(なが)めている。

「逃げる、逃げる、とかいう割に、なんか策がありそうだな?」

グエンは砂盤を完成させつつ、リズに言うと、彼女はニィと笑う。

「ろんのもちよ。やるなら徹底的に――――ね」

自信ありげなリズ。

さてさて、何を考えているのやら…………。

そうして、出来上がった砂盤に視線を落とすグエンとリズ。

これで、かなり大雑把ではあるが魔王軍の編成が見えた――――。

第23話「さてと、作戦を立てようか」

…………魔王軍。

これは人間——とりわけギルド側の呼称(こしょう)である。

本来、魔物というのは、同じ種族同士ならともかく、他種族とのコミュニケーションはほぼ行わない。

つまり、同種族以外とは徒党を組まないのだ。

ゴブリンはゴブリンで集落を作るし、
リザードマンはリザードマン同士でしか群れを作らない。

だが、そんな魔物の中でも、稀(まれ)に特異な個体が現れることがある。

それがラージリザードマンの変異種であったニャロウ・カンソーのような『四天王』——

いわゆる仇名付き(ネームド)モンスターである。

そして、四天王のような強力な魔物が湧(わ)く地域では、一定の周期で魔物の氾濫(はんらん)が起きることがある。

……その勢いは凄(すさ)まじく、適切に対処しなければ村や街が滅ぼされることも珍(めずら)しくなかった。

——それが魔物の大群(モンスターパニック)だ。

ちなみに、ネームドモンスターには、ほかにも南の大陸に生息する魔炎竜(まえんりゅう)といった特殊個体がいるが、それらの特殊なモンスターを人間側の都合で『四天王』と呼んでいるだけである。

つまり、よほど人間に詳(くわ)しくなければ、自分たちが何と呼ばれているかなど、そもそも彼らも知らないだろう。

きっと、グエンが倒したニャロウ・カンソーも自分が魔王軍四天王と呼ばれていたとは知らなかったはずだ。

それはさておき、

魔物の大群『魔王軍』であるが、

本来群れを形成しない魔物たちがなぜ軍団を組み、大挙して押し寄せるのか。未だにそのメカニズムは解明されていない。

だが、一部の研究者の間では、それを操る個体がいるのでは——と、昔から推察されており、嘘か誠か『魔王』と呼ばれる存在が多くの魔物を指揮しているとまことしやかに囁かれている。

そして、今回辺境の街を襲わんとしているのも、魔物の群れの複合体で、まさしく魔物の大群

——通称、『魔王軍』であるというのだが……。

さてさて、現在の状況は——??

視点を再びグエンたちに戻すと、そこには複数の人影。

魔王軍の進行経路上に陣地を構えた冒険者グループの——。

便宜上、リズ班としようか。

編成は、ＳＳＳランクのリズ。

そして、相棒にグエン。預りとしてシェイラがいる三人だけの部隊だ。

一応、連絡員として低ランクの冒険者が数名あてがわれているが、戦力にはならない。

「なるほどねー。予想通りだけど、リザードマン系が多いのね？」

「あぁ、ほとんどがそうだ。たぶん、もともとこの辺に棲息していた連中じゃないかな？」

ふむ……。

リズがふと考えこむ。

「――なら、考えられる原因は一つ。……この辺を縄張りにしていたニャロウ・カンソーが死んだことで、リザードマン系の統率者がいなくなったことが、今回の魔物の大群の原因なのかも」

「……ま、まじかよ」

つまり、俺のせいか？　そう、グエンは思い頭を抱えた。

「――気にすることはないわ。そもそもがギルドの出した依頼だし。第一、これはアタシの思いつきだからねー。それよりも……」

リズはグエンの苦悩を一蹴し、あっけらかんと笑う。

そして、

「それよりも――」と、地面に作った砂盤を示す。

「見て。ここと、ここ――この辺一帯は湿地帯。そして、ここは丈の長い草で覆われたブッシュよ」

うん？　…………うん。

リズが指し示す砂盤を見て、ふんふんと頷くグエン。

「で、それがなんだ？　何かわかったのか？」

「最後まで聞きなさいって。――で、ここが旧街道。比較的道幅が広くとられているのがわかる？」

砂盤には太い道が走っている。

それがどうやら旧街道らしい。

「あ？　あぁ……見ればわかるけど、」

「なら簡単――」

……………………は？

つつー……と、リズの形のよい指が砂盤の上を進む。

そして、街道をなぞり――居並ぶ魔物の軍勢の「駒(こま)」をなぎ倒していった。

ガンガン、パタパタと……。

「――何が何でも、街道に誘い込んで、…………それから、一気に叩(・)く(・)のよ」

は、はぃぃい？

「ど、どうやって？」

グエンには何もわからぬまま、リズは断言する。

「――『餌(えさ)』に決まってるじゃない」

ニコリと笑ったリズの目線の先には、きょとんとした顔のシェイラ。

そして……。

いや、誘(おび)き出す方法もだけど、

「――俺が聞きたいのは、叩(・)く(・)方法のほうなんだけど――……」

第24話「光の戦士（笑）は、脱走する」

「ック……。マナック!!」

なかなか目を覚まさないマナックの胸倉を掴んだレジーナ。

無理やり引き起こし、思いっきり頬を叩く！

パァン!!

「ふぁあ!? な、なななな!?」

衝撃と激痛に、たまらず飛び起きたマナックは、自分を掴んでいるレジーナに気づいて慌てて突き飛ばす。彼女の顔にはざんばらになった髪がかかり、不気味な陰影を与えていたので、思わずドン引きしてしまったのだ。

「な、なんだ!? れ、レジーナか？ ど、ど、どこだここ!?」

「……落ち着きなさい。ここは衛兵隊の詰所。……その倉庫よ」

は……??

「なんで、衛兵の倉庫に――――あ！ グエンの野郎は!? 素材とレアリティSの槍と銛!!」

「ばっか！ マナック、お前、覚えてねぇのかよ!?」

倉庫らしき建物の扉の前に立ち、外の様子をうかがっていたアンバスが呆れたようにマナックを見下ろす。

その顔は………ひどい。

応急処置は施されているが、鼻が曲がり、唇も深く裂けていた。自慢の鎧兜もボロボロだ。

「な、なんだよアンバス……その顔！」

「あ!?　本当に何も覚えてないのかよ？」

アンバスの失望したような顔に、マナックは居心地の悪さを感じる。

「悪かったな！　何も覚えていなくてよ――」

「………グエンよ。貴方も、アンバスも――アタシもアイツに……。あいつ等にやられたの」

そう言ってサラリと髪を掻き上げるレジーナ。

いつもの彼女ならば、そのしぐさに優雅さと色気を感じるのだが……。

「ぶ！」

思わず噴き出したマナック。

「ぶはは！　な、なんだよその顔――――ぶっさい……」

ギロォォォ!!

「ひぃ！　すんません」

物凄い表情で睨まれたので、思わず謝罪するマナック。

……だって、めっちゃ怖かったんだもの。

「……ち。二度と顔見て笑うなよ――殺すわよ」

　こわっ！

「す、すまん。で、悪いが何があったんだ？」

　意識を失っていたらしく自分の状況が全く思い出せないマナック。

　先だって、たしかギルドでグエンに――……。

　かくかくしかじか。

「ああ!?」

　お、俺が……。

「俺がグエンに伸されたってぇぇぇぇぇ――!?」

　馬鹿な。

「ありえねぇよ！　なぁに言ってんだよ」

「馬鹿でも冗談でもないわよ。アンタいの一番に昏倒したんだからね」

　う……。

　――それを言われるとマナックには返す言葉がない。

「ったく、で――私も、アンバスも仲良く捕らえられて、大雑把に治療された後、ここに放り込まれたってわけ」

　な。なるほど……。

「にわかには信じられんが――……レジーナやアンバスが嘘をつくようなことでもないしな」

そんなことをして誰が得をするというのか。

「クソッ！　ぐ、グエンの野郎ぉぉお……」

ギリギリと歯ぎしりし、グエンの顔を思い出して激怒する。

「で、どうすんの？　大人しく沙汰を待つ？　それとも――……」

「待つわけねーだろ。なんで、俺らが衛兵隊に捕まらなきゃならん？　捕まるのはグエンのほうだろ」

あ？

「へぇ？　そう思う？」

「当たり前だろう――グエンは俺たちの素材とレアアイテムを勝手に持ち出しやがった……そうだろ？」

そう言って、マナックは積み上げられた砂漠由来の素材と、鈍く輝くレアリティSクラスの槍と銛を思い出す。

……あれは俺たちのものだ、と。

「そうね。貴方がそう言うなら間違いないわ――」

「だろ？　そうと決まったら――とっとと、こんな所とはおさらばだぜ」

ニィ、と笑うマナック。

その様子に、我が意を得たようにアンバスもレジーナも笑う。

「そう来なくっちゃ――アンバスっ」

マナックの反応を半ば予想していたレジーナはすぐさまアンバスを呼びつける。

「おうよ。巡回パターンは覚えた。それになんか知らんが街のほうが騒がしい。おかげで衛兵の数がずいぶん減ったぜ？」

「へぇ～。そりゃあ都合がいい、ならさっさと行くぜ」

言うが早いか、起き上がったマナックは、首をゴキゴキと鳴らす。

気絶時間が長く、グエンとあまり戦闘しなかったマナックはまだ余裕があった。

「へ……。やるか。合図したら行け。俺が後ろ。マナックは余力がありそうだから前方の衛兵を仕留めろ」

「わかってるさ。やるぞ」

武器がなくとも、腐ってもSSランク。その気になれば素手でも人を倒せる。

「いいわね～。じゃあ、まずはここを出て装備を探しましょう。――あと、これの解除もね」

そう言って、手枷のように腕に嵌められた魔道具を忌々しそうに見るレジーナ。

どうやらそれは魔力を抑制する罪人用のブレスレットらしい。

「だな。……あとはシェイラはどこだ？」

「ん～……見てないから、ひょっとすると――」

レジーナは最後まで戦闘に加わらなかったシェイラを思い出す。

「ひょっとすると？」

マナックの問いに、

「──裏切ったのかもね」

「「なにぃ!?」」

マナックとアンバスが同時に声を上げて驚く。

あんなにビクビクしていたシェイラが随分思い切ったことをすると──。

「ほう。あのガキ……」

「身体でわからせてやる必要があるなぁ」

苛立つマナックと、舌なめずりするアンバス。

「なら、シェイラも回収する？」

「そうだな。道々見つけたら連れて行こうぜ」

「──だな！」

くっくっくっくっく……！

あっという間に結論を出したマナックたち。

街の警備が手薄になったのをこれ幸いとばかりに──彼らは衛兵隊詰所の倉庫から脱走した。

しかし、グエンたちやギルドの人間がそれを知るのは、もっと後になってからである……。

ギルドは──街はそれどころではなかったのだ。

第25話「豚の、侵攻」

『ブヒブヒ……。アレガ、ニンゲンノ街カ』

眼下に大量のリザードマンを見下ろしながら、側近のオークナイトで周囲を固めた大柄なモンスターが丘の上に仁王立ちしていた。

『ハイ……。コレヨリサキは、ヤツラのテリトリーデス』

大柄なモンスター——……オークキングの独り言に答えたのは、ヨボヨボのオークの翁であった。

人間や他のモンスターの皮膚を縫い合わせたボロボロのローブを纏い、骨で作った杖を持ったオークの魔術師——オークメイジであった。

『フン。トカゲが死ンダオカゲデ漸クコノ地ニ顔ヲ出セタカト思エバ、最初ノ獲物がアンナチンケナ街ダトハナ』

『サヨウデ……』

キングの言葉に追従するオークメイジ。

彼は懐から一枚の紙を取り出す。

それはギルドの発行している、モンスターの手配書だ。

そこには大きなイラストとともに賞金額と、魔物の特徴が記されている。

禍々しい顔をした巨大なリザードマンの絵――……。

『フン。ニャロウ・カンソー。……人間ドモ曰ク、魔王軍四天王の一角ダソウダ』

オークメイジから手配書を受け取ったキングは、つまむように持ってその紙を見る。

大型モンスターの骨で作ったボーンメイルに、人間の皮と髪で編んだ腰蓑を着けただけのガチムチ筋肉だるま。

それがオークキング。

一見して知能が低そうに見える、脳筋バカっぽいオークキングであるが、意外や意外……人間の字が読めるらしい。

冒険者の中にも字が読めないものがいるというのに、他種族の言語にも精通しているさまを見せるオークの王。

『ホウホウ。四天王トハ恐レ入リマスワイ。グッフッフ』

不気味に笑うオークメイジを見て、キングもご機嫌に笑う。

『クックック――。ナァニ、奴ハ四天王最弱。マァ死ンデクレテ良カッタ』

グッフッフ。

ガッハッハ！

機嫌よさげに笑うオークの王と魔術士は、さらに魔物の軍勢を指揮し、どんどん支配地域を広げていく。

どういう理屈かは知らないが、リザードマンたちをまるで手足のように動かし、軍隊のごとく働かせているのだ。

『前衛ハコレデ全テノヨウデス』

眼下に進軍中のリザードマンの大群。

その数約５００。

内、ラージリザードマンなどの特殊個体が30ほど。

その他、湿地帯に棲息する巨大蛇や、陸生の亀や、ゾンビなどが少数いる。

『ヨシ。後衛ニハ連レテキタ兵を配置シロ。人間ノ城壁ハ分厚イ。余計ナ被害ガ出ル前ニ、トカゲドモヲ盾ニスル』

『御意ニゴザイマス』

そう言うと、オークメイジは眼下に控えるオークの兵士に合図を送る。

すると、丘の下に隠されていた大きな洞穴のような場所からゾロゾロと多種多様な魔物が湧き出してきた。

『グッフフ……。魔王軍トナ？　――人間メ、なかなかネーミングセンスがアルジャナイカ……ぐっふっふ』

ざっざっざっざっざっざっざっざ!!

っざっざっざっざっざっざっざっざ!!

オーク、
ゴブリン、
オーガ、
二本の足で歩く知能ある魔物たち。
ぞろぞろぞろぞろぞろぞろぞろ!!
うぞうぞうぞうぞうぞうぞうぞ!!
魔狼(まろう)、
スライム、
スケルトン、
ｅｔｃ、ｅｔｃ――。
そして、まつろわぬ魔物の群れ――……。
それらが武装を整え、整然と隊列を組んで進軍を開始した。
それはリザードマンの大群(モンスターパニック)から遅れること、約5分。
これこそが、魔物の大群の主力であった。
奴らは一体………。
『グッフッフ……！　今宵(こよい)、何度トナク悲鳴ヲ楽シメソウダ――！』
『グフフフフ……！　女ハ捕虜(ほりょ)ニ、男ハ糧(かて)ニ――者ドモ、存分(ぞんぶん)ニ楽シムガヨイッ！』
キングが鼓舞(こぶ)し、メイジが操(あやつ)る！

『行ケッ!!　アノ街ハ貴様ラノ思ウママヨ!　行ケッ!　我ガ精兵タチよ――……!』

『全軍――突ゲ………ヌぅ??』

キングの声を魔法で増幅させ、突撃ラッパとする手はずのメイジであったが、ふと進軍先に目をやり訝しげに目を細める。

この地方の魔物にとって心地よいはずの湿地帯。

そこを貫く旧街道上に何者かが立っている。

まるで、立ちふさがるように――……。

『ア、アレをゴ覧クダサイ……。人間ガ我ラノ進路を塞イデオリマス』

『何ィ!?』

気分良くゲラゲラと笑っていたキングが、メイジの首根っこを掴まんばかりに身を乗り出す。

『ヌゥ……!　タッタ一人デ生意気ナァ……!　マルデ我ラヲ恐レテイナイカノヨウダ』

丸見えの位置にいる人間を見て、一瞬にして頭に血が上ったオークキング。

やはり脳みそ筋肉野郎であったらしい。

『グヌヌ……!　マズハアイツカラ血祭リニアゲテクレルワ!!　男ナラソノ場デ挽肉ニ!　女ナラバココに引キズッテコイ!!』

『聞イタナ者ドモ――行ケッ!!　アノ人間メガケテ突撃ダァァ!!』

ルォォォオオオオオオオオオオオオオオオオオオオオオ!!

そして、大地が吠えた――……。

魔物の大群がブルリと震えて、旧街道をひた走る……！

横隊から縦隊へ……。

隊列を乱す湿地から出て、足場の整った街道上をひた走る。

魔物の群れを恐れぬ、愚かな人間を潰さんとして────!!

『『『『ブッ殺セェェエエエ!!』』』』

第26話「さてと、狙い通りだぜッ」

ルォォォォォオオオオオオオオオオオオオオ!!

「わーぉ……すっごい数」

仮設陣地から魔物の群れを眺めているリズ。

その横ではグエンがハラハラしている。

「お、おい。大丈夫なのか？　い、いくらなんでも──」

心配そうに見つめる先には、街道の上でへたり込んでいるシェイラ。

遠くから見ていても彼女の震えが伝わるようだ。

「何よー？　心配しているの？　……衛兵に突き出そうとしてたクセに」

「そ、それとこれとは話が違う……。いや、し、心配なんてしてねーし」

と言いつつも、チラチラとシェイラのほうを窺うグエン。

すでにシェイラは腰が抜けて立てないようだ。

「ふふん。アンタってば存外いいとこあるじゃん」

「お前が非道すぎるだけだろッ!!」

思わずリズのつむじに向かってズビシと指を突きつけるグエン。

「あによー……。別に死にはしないわよ――――たぶん」

たぶんって言った?

ねぇ、今たぶんって言ったよね!?

「言ってないし」

「言った！　絶対言った!!　あ、くそ、シェイラ待ってろ――」

突如不安に駆られたグエンが陣地から飛び出そうとする。

「バッカ！　今出たら台無しよ!!」

「何言ってんだよ！　もう十分引きつけただろ？」

魔物の群れはその大半が街道上にあり、分厚い縦隊となってシェイラに迫っていた。

「だからー！　あれは先鋒よ。その後ろに本隊がいるわ……。今出たら連中が分散しちゃうのよ」

だからもう少し待て――と、そうリズは言った。

だけど――……。

「ひ、ひぃいいい!!　いやぁぁぁあああ!!」

街道の先ではシェイラが腰を抜かしてズルズルと後ずさっていた。

餌になれと言われた時も顔を真っ青にしていたが、今はもう死人のように土気色だ。

あまりの恐怖に彼女の髪が少々白くなっている。

「もう、無理だ!!」

「もう少し待ちなさいって!!」

ルゥゥォォォォオオオオオオオオオオオオオオオ!!

ズンズンズンズンズンズン!!

ズドドドドドドドドドドッ!!

大地を揺るがす魔物の地響き。

その先にいるのは、か弱い少女。

シェイラは自らを街道上に晒し、『餌』として魔物の群れを煽る役目。

本来なら、地形など無視して横隊で進行し、街を蹂躙するはずの魔物の群れがシェイラを目がけて一直線に。

「ぐ、グエン――――!」

遠くから聞こえるシェイラの助けを求める声。

一時は、ぶん殴ってやりたいと思っても――根は善良なグエン。

どうしても少女の悲鳴を聞くと反射的に駆け出したくなってしまう。

「あ、ぁはは……。ちょっと来すぎじゃないかなー」

視力の良さを生かして前方を透かし見ていたリズも予想外の数の多さに顔を引きつらせている。

さすがにこの数には、歴戦の彼女とはいえ怯えを見せていた。

当然、餌役のシェイラの恐怖はそれ以上だろう。

「もう少し、もう少しだから待つのよ……！」

リズの顔からあざけりが消え、眉間にしわを寄せている。

「まだかよ！」

「連中の最後尾が見えないのよ！　なんて数――――……！」

――くそ!!

「もういいだろ！」

「まだよ!!　さぁ、さぁ来なさい……！　おいしそうな人間の女の子だよー。愚かで、間抜けでとっても可愛い子だよ～」

リズの冗談とも本気ともつかぬ発言。

実際にシェイラに迫りつつあるリザードマンの群れは大小の個体がそれぞれ正気を失ったかのような表情だ。

涎をまき散らし、唸り声とも悲鳴ともつかぬような声を上げている。

そして、シェイラだけを見て突撃しているのだ。

「リズ!?」

「わかってるわよッ!!　アタシが合図するから、手はず通りにやるのよ!?」

「任せろ！　だから、」

グエンが言い切る前に、飛び出したのはリズ。

一足飛びに陣地を飛び出ると、シェイラに向かってひた走る。

「そーら、こっちゃ来～い！　おいしそうなピチピチのエルフの女の子だぞー」

お尻ペンペーン。

そうして、リザードマンに通じるかどうかはともかく、できうる限り挑発してみせる。

本当はシェイラにやらせたかったのだが、餌役の彼女はもはや使い物にならないほど顔中、涙だらけにして一歩も動けずにいた。

（ま、何でもやるって言ったからね。逃げなかっただけでも大したもんよ――……）

さっと、シェイラのもとに到達すると、

「よくやったわ――……逃げるわよ!!」

その首根っこを掴み、引きずるようにして遁走開始――――！

しかし、その瞬間、群れがブルリと震えたような気がした。

チッ。

リズは舌打ち一つ。

振り返った群れの様子は動揺しているようにも見える。

囮役であるとバレたのだろうか？

それとも――……。

ズンズンズンズンズンズンズン!!

ドドドドドドドドドドドドドドドッ!!

「――なわけないか!!」

「ひぃいいい!!　いやぁっぁあああ！」

悲鳴を上げるシェイラを摑んで一気に加速するリズ。

そして、彼女らを追わんとする魔物の群れ。

捕まったが最後、ミートパイを作るように、グッチャグチャにされてしまうだろう。

「来た来た来た来た!!」

「たーすーけーてー!!」

もっと来たぁぁああ!!

魔物の群れは一刻も早くリズを蹂躙せんと旧街道上を追いかけてくる。

仲間を踏みつけ、脇に押しのけ我先にと――……！

魔物の群れが一直線に――――「グエンッ！」

「おうよッ！」

リズの合図と同時に、街道上に躍り出たグエン。

その手にはレアリティSクラスの槍と銛!!

伝説の――グングニルとトリアイナだ!!

そして、構えたままスキル起動――――……!

ぶぅうん……。

名前：グエン・タック

職業：斥候（せっこう）

称号：光（ライトニング）

（条件：敏捷（びんしょう）９９９９を突破し、さらに速度を求める）

恩恵：光速を得る。光速は光の速度、まさに光そのもの

（アナタは光の速度を超えました）

※敏捷ステータス×３０８００００

※光速時の対物理防御無限

※光速時は、攻撃力＝１／２×筋力×敏捷の２乗

体力：32

筋力：14

防御力：20

魔力：29

敏捷：９９９９

抵抗力：12

残ステータスポイント「+743」（UP！）
スキル：スロット1「韋駄天（いだてん）」
　　　　スロット2「飛脚（ひきゃく）」
　　　　スロット3「健脚」
　　　　スロット4「ド根性」
　　　　スロット5「ポーターの心得（こころえ）」
　　　　スロット6「シェルパの鏡」
　　　　スロット7「音速衝撃波（ソニックブーム）」
　　　　スロット8「光速移動（ファストラン）」
　　　　スロット9「光速突撃（ライトニングチャージ）」

――そう!!

称号（しょうごう）『光（ライトニング）』の特殊効果ッ。

光速時は対物理防御無限ッッッッッ!!

「とぅ!!」

ざざざざー……！

砂埃（すなぼこり）を立てながらリズがシェイラを連れて退避完了!!

「どうよ！　見た見た？　アタシの作戦っ！　馬鹿（ばか）がつられて一直線よ――」

「はひふへほ～……」

目をぐるぐる回したシェイラを、ポイと捨てたリズが無邪気にピースサイン。

はいはい。見た見た。凄(すご)い凄い。

だから――。

「…………あとは、」

そう。あとは、行くだけッ！

そして、グエンは行く!!

ぐぐぐ、と槍と銛を握りしめ――。

ただ、『光(ライトニング)』となって…………!!

すぅぅう……。

「行っく――、」

「行っっけぇえええ!!『グエン砲』発射ぁぁあああああ!!」

――ぁぁあああああああっっ……って、誰がグエン砲じゃぁぁあ!!

第27話「さてと、グエン砲発射ぁぁぁあ！」

は、発射ぁぁああああ!?

「って、あああああ、も――――――――――!!」

行ったるわ――――――い!

リズが凄(すご)いドヤ顔で発射を号令ッ。

「どやぁ……!」って、くそぉ可愛(かわい)い顔なのに、なんかムカつく!!

別にそれに従っているわけじゃないんだけど――――「だけどぉぉ!」……ちくせぅ。

「うううううおおおおお――――」

――ぉぉおおおおおおおおおおおおおおおおおおッッ!!

「やったるわぁぁああ!!」

目標ッ!

敵、魔物の大群(モンスターパニック)の縦列(串刺し)!

スキル――

「光速突撃(ライトニングチャージ)っっっ」

&(アーンド)、
光速時は対物理防御無限!

「俺の突撃は光の速度だぁぁあああああああああ!」

――――――――カッ!!

ピカッ!!

グエンの視界が一瞬で暗く閉ざされ、一点のみ光が見える。

それが彼の光速の世界ッ！

今はあの時のように腕にリズを抱いていない。

代わりにあるのは武骨でありながら美しいオーラを放つ槍と銛ッ！

その魔力を纏わせながら、ただ遮二無二突撃するのみ！

「うおおおおおおおおおおおおッッ！」

一歩で体の感覚が希薄になる。

まるで宙に浮いているかのよう――――……。

だが、次の瞬間――身体を貫くような大量の経験値を獲得する感覚が津波のようにグエンを襲った。

それはあの時――ニャロウ・カンソーを仕留めたときのような感覚で、膨大な経験値が体になじんでいくそれだ。

ステータス…………オープン！
名　前：グエン・タック
職　業：斥候
称　号：光
（条　件：敏捷９９９９を突破し、さらに速度を求める）
恩　恵：光速を得る。光速は光の速度、まさに光そのもの

（アナタは光の速度を超えました）
※敏捷ステータス×３０８００００
※光速時は、攻撃力＝１／２×筋力×敏捷の2乗
※光速時の対物理防御無限
体　力：32
筋　力：14
防御力：20
魔　力：29
敏　捷：９９９９
抵抗力：12
残ステータスポイント「＋７４３」
⇓「リザードマン」を倒しました×45
⇓「マーシュリザードマン」を倒しました×2
⇓「スワンプアナコンダ」を倒しました×3
⇓「リザードマン」を倒しました×34
⇓「スワンプグール」を倒しました×2
⇓「ラージリザードマン」を倒しました×2

⇓「沼地大型陸ガメ」を倒しました×３
⇓「マーシュリザードマン」を倒しました×27
⇓「ステルススネーク」を倒しました×５
⇓「スワンプスライム」を倒しました×３
⇓「リザードマン」を倒しました×30
⇓「蠢くヘドロ」を倒しました×２
⇓「リザードマン」を倒しました×23
⇓「沼地オニヤンマ」を倒しました×38
⇓「潜伏する殺人鬼」を倒しました×１
⇓「リザードマン」を倒しました×21
⇓「レッサーデーモン」を倒しました×２
⇓「リザードマン」を倒しました×12
⇓「ギガントワーム」を倒しました×１
⇓「スワンプリザードマン」を倒しました×３
⇓「ウェットランダー」を倒しました×１２１
⇓「ヒュージリザードマン」を倒しました×１
⇓「マーシュゾンビ」を倒しました×20
⇓「さまよう開拓民」を倒しました×65

「な、なんじゃこりゃあああああ!!」

ジャキジャキジャキジャキ!!　とステータス画面の敵の撃破表示が目まぐるしく入れ替わる。

グエンにはまったく手ごたえがないというのに、光速突撃（ライトニングチャージ）の先ではモンスターを殺戮（さつりく）しているらしい。……というかなんも見えんッッ!!

光速突撃（ライトニングチャージ）の攻撃方法は単純明快。

光の速度で突撃し、光の速度のままこの星を何周か、任意の回数回り、元の地点に着地するというもの。

その先にある障害物は「基本」的にぶっ飛ばすもの――――……。

もう一度言う。

「なんじゃこりゃぁぁぁああああ！」

⇓「オークソルジャー」を倒しました×24

⇓「オークサージェント」を倒しました×2

⇓「オークナイト」を倒しました×4

⇓「ゴブリンソルジャー」を倒しました×134

⇓「ゴブリンサージェント」を倒しました×5

⇓「オークオフィサー」を倒しました×2

⇓「ゴブリン」を倒しました×488

⇓「さまよう戦奴（せんど）」を倒しました×２３３
⇓「ゴブリンオフィサー」を倒しました×２
⇓「ゴブリンキング」を倒しました×１
⇓「ダークスケルトン」を倒しました×３２４
⇓「オークロイヤルガード」を倒しました×30
⇓「ホブゴブリン」を倒しました×34
⇓「ゴブリンシャーマン」を倒しました×12
⇓「首無し騎兵」を倒しました×15
⇓「魔狼（まろう）」を倒しました×48
⇓「オーガ」を倒しました×１
⇓「オークライダー」を倒しました×56
⇓「捕虜（ほりょ）」を倒しました×20
⇓「オーク（劣化地竜）」を倒しました×２３９
⇓「レッサードレイク」を倒しました×１
「なんじゃこりゃぁぁぁあああああああああ！」
ジャキジャキジャキジャキ……！
敵撃破表示が、もはや追いきれなくなったとき――。

──あぁぁっぁああああああああああああああ……。

ずざざざざぁぁぁぁぁぁ…………。

「────ッ」

ぷしゅぅぅう……!!

旧街道の同じ位置にグエンは立っていた。

先ほどとほぼ変わらぬ景色。

湿地の陰気臭い空気の中、
シェイラが怯えた顔で固まり、
ポカンとしたリズが「グエン砲発射ぁ！」の格好のまま硬直────……。

そして、

「なん……!?」

旧街道は、地面がU字型に抉れて延々と先の先まで続き、
その傍らには爆散したかのような魔物の群れが……。いや、魔物の残骸が────……。

「──じゃ……こりゃあああああ！」

視線の先には巨大なリザードマンと、さらに巨大なドラゴンらしき影。

どちらも体に大穴が開いており、目には光がない。

そのまま、グラァァア……と、そいつらが傾き──ズゥウン!! と地響きを立てて倒れ伏した。

「…………マジかよ」

「マジなの？」

「ま、マジ？」

グエン、リズ、そしてシェイラが口の端からタラーと涎をこぼしつつ茫然とした。

ぶっ放したグエンも茫然自失……。

「「なんじゃこりゃ!?」」

——魔物の大群、壊滅…………。

第28話「豚の、驚愕」

「「ナッジャコリャァァアアア!!」」

ボォォオオオン!!　と、オークキングの目の前で隷下の軍勢が爆発……。いや、爆散した。

まるで巨大な鉈が魔物の隊列に叩きつけられたように人間を追っていた縦隊が一直線に爆散。

その大半がやられてしまったのだ。

「バ、ババババ、バカナ!?」

「ナ、何が起コッタ」

圧倒的兵力に満足していた二人？　のオーク。

その兵力をもって人間の街を蹂躙し、血肉をほしいままにしようと、そしてその前にまずは生意気な人間の冒険者を血祭りにあげてやると息巻いていた矢先のことだ。

あれほどの兵力がいまや壊滅。

街道上にいた兵はその大半が消滅してしまった。

「(ぎゃあああああ!!)」

「(ひぃぃぃいいいいい!)」

「(オカアサン!　オカアサ――――ン!)」

遠くに聞こえるのは死に損なった兵どもの叫び。

何かに身体を引きちぎられたかのように綺麗な断面を見せてのたうち回っている。

いったい何が……?

街道の中央付近にいたものは跡形もなく。

仲間に押しやられ街道からそれて側溝の上を走っていたものだけがかろうじて生き残ったらしい。

とはいえ、死にぞこない。

多少なりとも生存者はいるようだが、仲間の血肉を浴びて茫然自失。

そこに………。

グラァァアアア――――……ズゥゥウウン!!

と、虎の子の巨大兵力が倒れ伏す。

湿地で徴発したヒュージリザードマンはどうでもいいが、城壁攻略の要に連れてきたオーガと……。

「ド、ドドド、ドラゴンがァァァアア！」

「ナンテコトダァァァアア!!」

オーノー!!　と、オークキングとメイジが頭を抱える。

その下敷きになっている生存者になど目もくれない。

「オイ！　イッタイドウイウコトダ!!」

「ワワワワ、ワカリマセヌ!!」

キングがメイジを問い詰めるが、オークメイジとて、理解などできるはずもない。

「オオオオオ、オソラク人間の魔法カト……」

「バッカモ――――――ン!!」

たしかにほんの数秒前まで、魔王軍が圧倒的な威容を誇っており、明らかに囮だとはわかっていたが、兵力に驕っていたオークキングは、一人でブルブルと震えている人間を捕らえ、手始めに挽肉にしてやると軍を突撃させた矢先のことだ。

そう。グッチャグチャのすり身にしてやるという次の瞬間。

人間の作った古い街道の上を光が走った。

いや、光だったのかどうか――――……ただ、確かにキングの目には『光』に見えたのだ。

それは一瞬。

魔物の群れを覆いつくさんばかりの光が街道上を駆け抜け、そして遥か先まで奔ったかと思うと、次の瞬間、光は元の位置に帰ってきた。

その間一秒とたっていなかっただろう。

だけど――。

次の瞬間には、オークキング自慢の兵士たちはあらかた爆散していた。

「グヌヌヌ……ナントイウコトダぁ……！」

ブルブルと震えるオークキング。

怒りと、やるせなさと、切なさとぉぉおおお――……。

ブヒブヒブヒぃ！

「――コンナ馬鹿ナコトガアルカァァァア!!」

ムガ――!!

と、怒り心頭。

鼻から湯気を噴き出すと、オークメイジの首根っこをむんずと掴む！

「見ロ、アソコをぉぉお!!」

オークキングの指さす先。

街道の上には三人の人影が。

「ヤツラの仕業に違イナイ!! 残存兵を掻キ集メテ、ヒッ捕ラエテコイ!!」

「ヒィィイイ!? ワ、私メガデスカぁぁ!?」

お前以外にいるかあぁぁあああ!!

ボコォン！　とケツを蹴り上げ、メイジを前線に送り出す。

何が完璧な策だ！　クソ軍師がぁぁあ！

「行ケッ!!　男はスリ身ニシテ、女はヒン剝イテ持ッテ帰ッテコイ」

「シ、シカシ。先ホドノアレは魔法デハアリマセヌカ？　正体も分ラヌウチニ兵を動カスのはアマリにも危険――」

「兵ナラ、トックニ消エ失セタワァァァァ……!!」

第一……。

「魔法はオ前の範疇ダロウガァァァアアアア！」

「ヒ、ヒ、イイイイイイ！　分カリマシタデスジャアア」

ドタドタドタ!!　と、近衛兵として控えていたロイヤルガードとナイトたちを直ちに掌握すると、街道上に残った兵を糾合し始めるオークメイジ。

幸いにして後方にいた輜重段列と略奪部隊は無事だった。

「マッタク使エン部下ドモダ!!」

無事だったんだけど――――……。

ワタワタと走り回り、兵を集めたオークメイジは、あっという間に部隊を再編成すると、

そのまま、勢いに乗って遮二無二突撃開始。

「オ、オイ!!」

遠くに離れたオークメイジの動きが気になってオークキングが声をかけるも時遅し、
「全軍突撃ジャァァアアア!!」
「「「ウォォォッォォォォオオオオオオオ!!」」」
え。
嘘……。
「あ、アレ？　全部連レテイッチャウノん??」
し――――――――ん……。
オークキングの周囲には兵が誰一人いなくなったとかならなかったとか……。
魔王軍、第二波。
指揮官、オークメイジ
残存兵力、
オークロイヤルガード×10
オークナイト×50
オークオフィサー×2
オークチーフ×1
オークポーター×275
ゴブリンリーダー×1
ゴブリンポーター×349

スケルトンウォーカー×232
さまよう人足（にんそく）×128
捕虜（ほりよ）×54

収容中の負傷者、
リザードマン×29
マーシュリザードマン×3
スワンプリザードマン×1
ウェットランダー×32
さまよう開拓民×21
オークソルジャー×12
ゴブリンソルジャー×21
オークオフィサー×1
ゴブリン×54
さまよう戦奴（せんど）×2
ゴブリンオフィサー×1
ダークスケルトン×4
オークロイヤルガード×2

ホブゴブリン×2
魔狼(まろう)×2
捕虜×6
オーク×19

魔王軍、後詰(ごづめ)。
指揮官、オークキング
残存兵力、
なし

第29話「さてと、やるしかねぇ!!」

「「「なんじゃこりゃぁぁぁあああああ!」」」

グエン、リズ、シェイラの絶叫が響く中——。

ズゥゥウウウウン……!

巨大なドラゴンとリザードマンが倒れ、さらにオーガも膝(ひざ)をついてガクリと首を垂(た)れる。

どいつもこいつも大穴が開いて、風通しがよくなっていやがる……。

「ちょ⁉　うぉ？　おぇぇぇえ？」

グエンは槍と銛を構えたまま同じ位置に着地。

信じられないが、

「――――い、一周してきた……」

「はぁ？　い、一周⁇」

リズが、「グエン砲発射ぁぁあ！」の姿勢をソーっと戻しながら顔に「？」マークを浮かべて聞く。

「いや、その……大陸っつーか――世界を」

「せ、世界？　ってアンタ……」

何言ってんのコイツ、という可哀相な人を見る目を向けられるグエン。

だけど、

「い、いやー……。わ、我ながら速いわー……。なんか、こう――――……一周どころか、7周くらい軽く回れそうだったぜ」

「あ、あっそー……？」

すっごく可哀想なものを見る目で見られてるけどね！

だけど、光ってそれくらい速いの‼

つーか、グエン砲を発射した後、後ろから着地したやん。

それだけで一周したってことよ？

今度マジで1秒で7周半したろかい!!

「はいはい。言ってなさーい。それより、第二ラウンドよ」

「え？　第二……」

「「るぉぉぉぉおおおおおおおおお!!」」

ズズン、ズズン!!

大群の蠢（うごめ）く振動。

「うっそだろ……！　まだあんなに――!?」

「あったり前でしょー。一発で倒しきれるなんてアタシも思ってないわよ。……で、いける？」

そう言ってから、リズは少し心配そうな目を向けてくる。

彼女が「いける？」と聞くのは、グエン砲が二回目もできるのかということ。

もちろん、

「おぅ、問題ない、ぜ――」

……あ、あれ？

カクッ。

「グエン!?」

「グエンんん!?　あぅ！」

問題ないと言った矢先、グエンの足から力が抜ける。

そのまま倒れそうになるのをシェイラが支えた。

「あ、あれ？　な、なんか。ち、力が入らねぇ……」

「…………やっぱりね」

そう言って、肩をすくめたリズが腰のポーション入れから、魔力回復用のマナポーションを取り出す。

「ほら。気休めにしかならないだろうけど、とりあえず飲んどいて」

「え？　ま、マナポーション？」

なんで、こんなものを……。

俺はただ、光速で――。

「ニャロウ・カンソー戦で一回、砂漠で一回、対ギルド戦で連発。……そりゃ、魔力だか体力だか知らないけど、枯渇するわよ」

そう言って、シェイラにポーション入れごと渡すと、

「とりあえずアタシが時間を稼ぐわ。最悪の場合、撤退して――」

「撤退って――お、おい。リズ！　時間を稼ぐってどういう、」

グエンが何かを言おうとする前にリズはすでに腰を低く落としていた。

その手には神速の速さで取り出した抜身の短刀が。

「アンタは十分やったわよ。敵の先鋒と主力を撃破。……あとは残りカスだから――」

「残りったって……まだあんなに！」

「「「「るぐぉぉぉおおおおおおおおおおおおお!!」」」」

ズンズンズンズンズンズン!!

地響きを立てながら進軍しつつある魔王軍残存兵力。

その圧力は先ほどと変わらぬように見える。

「だーいじょうぶよ。あれは後方の非戦闘部隊も混じった雑魚(ざこ)の集団。敵将がどんな奴(やつ)か知らないけど、引き際を知らない、小者ね」

「小者って……おい、リズ!!」

ニコリと綺麗(きれい)な笑みを見せたリズが今度こそ疾駆(しっく)する。

シェイラを回収するためでも、グエンを救うためでもなく。

──自ら(みずか)の身体(からだ)を、一個の戦闘単位に置き換えて!!

「しゃあああああああああああ!!」

スタタタタタッッ!!

グエンほどの速度ではないものの、常人(じょうじん)を遙(はる)かに上回る速度で、まるで黒い暴風のようになって敵の集団に躍(おど)り込んだ。

「たりゃぁぁあああああ!!」

ズン!!

と、大群が一瞬だけ停止したようにも見えるほどの攻撃!!

あれをリズが!?

「ぐ、グエンん……、重いいぃぃ」

「あ、すまん」

リズの姿を追う中、シェイラに体重をかけっぱなしだったことに気づいて素直に謝るグエン。

そして差し出されたポーションを受け取り、一気に飲み干した。

……だけど、

「クソ！　本当に気休めだな！」

ダメージを負った際にはポーションが一番ではあるが、外傷と違って内部から失われた体力などはそう簡単に回復できない。

もちろん魔力も、だ。

そのうえ、グエンのステータスは敏捷を除いて、ほとんど初期ステータス。

そのへんのEランク冒険者と変わらないほどだ。

それらが、先からの連戦連闘で枯渇しないわけがなかった。

「俺はバカか!!」

なんでこんな簡単なことに気づかなかったんだ！

たまたま、ニャロウ・カンソー戦よりポーションを立て続けに飲んでいたため、消費量と回復時間が釣り合っていたのだろう。

だが、ここにきて大技を一発ブチかましたがゆえに、ついに枯渇した——……。

あとどれくらいかかる？

……俺に足りないものはなんだ!?

ステータスオープン！

ぶぅうん…………。

名　前：グエン・タック
職　業：斥候(せっこう)
称　号：光(ライトニング)
（条　件：敏捷９９９９を突破し、さらに速度を求める）
恩　恵：光速を得る。光速は光の速度、まさに光そのもの
　　（アナタは光の速度を超えました）
※敏捷ステータス×３０８００００
※光速時の対物理防御無限
※光速時は、攻撃力＝１／２×筋力×敏捷の2乗

体　力：32
筋　力：14
防御力：20
魔　力：29
敏　捷：９９９９
抵抗力：12

残ステータスポイント「＋１４５３」（ＵＰ！）

「く……」

たしかにこれじゃあな……。

敏捷はともかく、本当に素人冒険者並みだ。

「――そういうわけか……」

「ぐ、グエン、無理しないで――」

そう言って優しく背中をさするシェイラ。

「うるっせぇ！　テメェを許したわけじゃねーぞ、馴れ馴れしく話しかけんなッ」

「――ッ！」

その瞬間、シェイラが泣きそうな顔をしてサッと面を伏せた。

（ち……。いらねぇことを言っちまったな）

苛立ちまぎれに罵ったのは事実だ。

だけど、許していないのも本当だった。

「いいから、よこせッ」

だが、謝るわけでもなく、グエンはシェイラからポーション入れをひったくると、またグビグビと飲み干していく。

自分の手持ちと、ギルドから支給された分もあり、まだまだ余裕はある。

ならば気休めといえど飲んでおけば多少とも早く参戦できる。

いくら雑魚の集団とはいえ、あの数はさすがに――……。

ボォォオン!!

戦闘集団に激突したリズ。

初撃で爆破の呪符(じゅふ)付きの手裏剣(しゅりけん)をぶっ放したらしい。

確かに、雑魚集団ならば彼女一人である程度の時間は稼げるだろう。

そう、ある程度は――……。

「くそ!! 間に合うのか!?」

未(いま)だに第二撃目の「光速突撃(ライトニングチャージ)」を使える状態に戻らない。

ステータスが雑魚過ぎて、第二撃目を放つにはどれほどの時間を要するのか――……ッ!!

「ステータスが、雑魚……」

…………………………あッ!


しまった!!

俺としたことが――!!

「おい、シェイラ!」

「う? あ!? は、はははい!」

ビクンと震えたシェイラが直立不動の姿勢で返答。

それをさらりと無視して、グエンは言う。

「ちょっとばかし、周辺の警戒(けいかい)を頼む。リズがやばそうになったら教えてくれ――――それと、」

それと……？

ゾワリと魔王軍が蠢く。

リズと激突し、街道上で停滞しているはずの魔王軍が――……。

「――それと、魔王軍の動きに注目、状況によってはお前も迎撃(げいげき)しろッ！」

「え？」

第30話「さてと、ステータスはこういう時のためにッ！」

「え？」
シェイラのポカンとした表情。
それをまたさらりと無視したグエンは、さっさと見張れと彼女に怒鳴る。
（ったく、自分でちっとは考えろ！　賢者(けんじゃ)だろうが!!）
実際、わざわざ一から十まで説明している暇(ひま)はない。
そうさ、
……リズは言った。

魔王軍の指揮官は小者だと。

(ならば?)

……ならば、いつまでも同じ戦法に固執するはずがない。

小者は小者なりに欲張るものさ――……。

「き、来た!! 来たよ、グエンっ! 分散してるッ。道だけじゃなくって草原にも……湿地にも!!」

だろうな!!

その瞬間、前方で戦闘中のリズの焦りが戦場の空気に乗って伝わってくる気がした。

たった一人で足止めするなど無理なのだ。

魔王軍が街道上を悠長に進むのはグエンたちを侮っていたから。

我先にと囮に食らいついたものの、…………今は違うッ!

今は、ただただ戦果を求めて、

リズと――……グエンたちを同時攻撃する、大規模な敵の集団だ!!

「「ぐぅぉぉぉおおおおおお!!」」

びりびりと空気を震わす魔物の咆哮。

――ッ!

「シェイラ! す、少しでいいッ。時間を稼げッッ!」

「……ええええ? む、むむむむ――」

ズンズンズンズンズンズン!!

「「「ぐぅおっぉおおおおおおおおおおお!!」」」

　さらに巨大になりつつある咆哮にシェイラがまたしてもペタンと座り込む。

　──むむ、

「──無理ぃぃぃぃぃぃぃ!!」

　前線で戦うリズの脇をすり抜け、魔物の群れがグエンたちに殺到する。

　その勢いと数を見て、シェイラはすでに戦意喪失。前衛がいないせいでダイレクトに魔物の脅威が伝わるのだろう。

　ついにはシクシクと泣き出す始末──。

（使えねぇ奴ッッ!!）

　前衛がいなければ魔法使いはただのカモだ。

　致し方ないだろうが────……。

「無理じゃねぇぇえ!!」

　すぅぅ……──。

「──いい加減根性見せろやッッ!!」

　ぬん!!

　と、グエンは気合いを入れて仁王立ち。

　ダンッ！　と大きく一歩踏み込み、

　──そして、ステータス画面を起動ッッ!!

「ステータスオープン!!」
ぶうぅう……ん。

名　前：グエン・タック
職　業：斥候
称　号：光
（条　件：敏捷9999を突破し、さらに速度を求める）
恩　恵：光速を得る。光速は光の速度、まさに光そのもの
（アナタは光の速度を超えました）
※敏捷ステータス×3080000
※光速時の対物理防御無限
※光速時は、攻撃力＝1／2×筋力×敏捷の2乗
体　力：32
筋　力：14
防御力：20
魔　力：29
敏　捷：9999
抵抗力：12

残ステータスポイント「＋１４５３」（ＵＰ！）
スキル：スロット１「韋駄天（いだてん）」
　　　　スロット２「飛脚（ひきゃく）」
　　　　スロット３「健脚」
　　　　スロット４「ド根性」
　　　　スロット５「ポーターの心得（こころえ）」
　　　　スロット６「シェルパの鏡」
　　　　スロット７「音速衝撃波（ソニックブーム）」
　　　　スロット８「光速移動（ファストラン）」
　　　　スロット９「光速突撃（ライトニングチャージ）」
習得スキル：「音速突撃（ソニックチャージ）」
　　　　　　「光線銃（レーザーガン）」（ＮＥＷ!!）

そうだ!!　忘れていたッツ!!

敏捷９９９９と称号（しょうごう）『光（ライトニング）』に驕（おご）りすぎて、忘れていた――……！

俺は……。

「――俺は馬鹿（ばか）か!!」

ステータスポイントが「１４５３」もあるじゃないか!!

今使わないで――……！

「いつ使うッ!!」

グエンはステータス画面の「＋」に手を伸ばす。

（そうだ、今だ!!　今こそ――……）

ドクンッ……!!

その瞬間――。

どくん……。

　どくん……。

　　どくん……。

　　　「グエン――」

「え……」

ふと、耳が……。

脳が――……。

心が――……。

声を聴いた。

　「おい、グエン!!」

「ま、」

マナック――??

――いつも通りステータスは『敏捷』に割り振ってんのか？

結構ため込んでんの知ってるんだぞ――

「ひゃはははははははは!!」

な？

「なんでお前ら――――とっくに、」

「よぉ。グエン!!」

アンバス!?

――もしかして、
コイツステータスポイント貯め込んでやがるのか？

「ぎゃはははははははは!!」

ぐ……。

「何で、いま……」

うぷっ……。

喉元にせり上がってくる何か。

もう、克服したと思っていたのに――……マナックやアンバスの笑い声が蘇ってくる。

ステータスポイントを割り振ることに……。

「敏捷」以外に割り振ることに、体と心が拒否感と恐怖感を――。

駄目だ――……喉から、

お、

「——おえぇぇぇ……！」

「ぐ……グエン？」

シェイラの心配そうな声。

シェイラの——……。

シェイラの————……。

「グエン!!」

シェイ、ラ…………？

——ぷぷー！

グエンってば、プルプル震えちゃって、かーわいー！

「きゃははははははははは!!」

「ぐえ、ン？」

シェイラ……………………。

「ぐ、グエン……？　ぐ、グエ———」

「シェイラっ!!」

シェイラの心配そうにのぞき込む顔が……。

あ・の・時のシェイラの小憎(こにく)らしい笑い顔に重なりぃぃぃぃぃ……!!

マナック、

アンバス、
レジーナ、

……シェイラ。

「「「ははははははははは！」」」

「ぐ、グエン……グエン!!」

ぐ――

「シェ、」

――シェイラぁぁぁあああ!!

「がぁぁぁああああああああ!!」

「ぐ、グエン!?　グエン!?　止(や)めてッ！　グエン!!」

シェイラ、
シェイラ、
シェイラ!!

「……なんでお前がここにいるんだよ!!」

とっくに捕まったはずだろぉぉおお!!

「グエン～……」

――おや？

おやおや～、これはこれは～。うぷぷぷっ！

「きゃ――――はっはっはっは！」

シェイラぁぁああああああ!!

――ああああああああああああ!!

「シェイラぁぁぁあああああああああ!!」

「グ、え――――ええええ……」

みし、みし、ミシシ……。

「てめぇええええええ!!」

ぶっ殺してやるッッ!!

ゴリリリリリリ……!!

少女の首の感触がグエンの手にダイレクトに伝わってくる。

気道をふさぎ、酸素を求める肺が何度もふくらみグエンの力を押しのけようとする。

「……あ、か」

頸動脈(けいどうみゃく)を流れる血潮(ちしお)の熱が、グエンの指に伝わってくる。

グッキ……。ごり。

血管をふさぐと、酸素を求める脳が力強い血流でグエンの力を押しのけようとする。

「………………う、ぁ」

シェイラの命が――――――……。

「ゴメン……グエン、ごめん」

ゴキン…………………ッ。

シェイラの首の感触が――――――……。

「あ、え？」

なんで、空が――……？

グルンと天地が回る感覚。

シェイラの顔を見上げるようにしてグエンが下になると、

「ゴメンね、グエン」

え？

いつの間にか、地面に押さえつけられていたシェイラが、片肘(かたひじ)をついて身体(からだ)を起こし、軽くグエンを押すだけで自分とグエンの位置を入れ替えていた。

まるで、子供と大人のような力の差が――……。

「少しだけ、痛いよ？　でも、あとでいくらでも謝るから――――……今は、」

すぅ……。

「――今は、リズを助けるんでしょ？」

ぱち……パリリ――。

ツッツパシャアアアアン！

「――かっ」

グエンの脳天に炸裂(さくれつ)した小型の電撃魔法(サンダーボルト)。

その衝撃にグエンの身体が仰(の)け反(ぞ)り、シェイラを手放す。

「……グエン。悪いけど、僕も非力ってわけじゃないんだ」

な!?

「……今のグエンじゃ――そんなステータスじゃ僕は殺せないよ？　だから、」

グエンの耳元に口を近づけたシェイラ。

そして、
ふぅ……と吹きかかる、彼女の吐息(といき)を感じたとき。

「――僕を殺したいなら、もっと力をつけて」

第31話「さてと、腹をくれッ！」

僕を殺すために……ステータスを――。

「――殺せるなら、ね」

ボソリとつぶやくシェイラの言葉。

フゥ……と、耳元をくすぐる熱い吐息にゾクリと首筋が粟立つも、
こ……。

「──このぉッッッ!!」

ガッ！　と、シェイラの胸倉を掴んで引き寄せる。

ブチブチと彼女のローブの前ボタンがはじけ飛ぶ。

痩せた小さな少女──……。

一見ひ弱で、保護欲をくすぐりそうな──SSランクの大魔術師、シェイラ!!

このガキ──殺せだぁ……。

──だったら、

「やってやるよぉぉぉおおおおおおお!!」

首を洗って待っていろッッ！

「きゃあッ！」

ドンッ!!　と、シェイラを突き飛ばしたグエン。

そして、首を振り──脳裏に流れるマナックたちの声を殺意で塗り消していく。

そんなに死にたいなら、

「……ぶっ殺してやるッッ！」

グエンの中に染みついたパシリ根性。

そして、仲間だと思っていた奴(やつ)らに散々馬鹿(さんざんばか)にされたせいで心に巣食(すく)った精神的外傷(トラウマ)。

そう。

ステータスを敏捷(びんしょう)以外に、勝手に割り振ってはいけないという思い込み……。

それを、
それを――――。

「シェイラぁ！」

……少女(シェイラ)への殺意で塗りつぶす。

「――すぐに……、すぐにぶっ殺してやるぁッッ!!」

そう宣言すると、グエンはステータス画面を呼び出す。

ぶぅぅ……ん。

中空に浮かぶステータス画面を睨(にら)みつけるグエン。

（いくらSSランクでも、たかだか大魔術師(ソーサラー)……）

所詮(しょせん)は後衛(こうえい)!!

ならば――……。

「――１４５３もありゃ、十分だよッ」

おらぁっぁあああ！

殺意で力を！

殺意を力に！

殺意が力だ！

シェイラの首をへし折るにはぁっぁああああ!!

『筋　力：14』

駄目だ!!

こんなカスみたいなステータスじゃダメだ!!

ならば、筋力。

これに全部注ぎ込むか？

1500近い筋力なら、シェイラの首くらい簡単にへし折れそうだ。

だけど、腐っても大魔術師（ソーサラー）でSSランク。

魔法でガードされれば、魔力のないグエンの筋力など簡単に防がれてしまう。

「ならば……？」

ならば、魔力と筋力に均等（きんとう）に振るか……？

（いや、それこそシェイラの思う壺（つぼ）――）

どっちも中途半端なら、ガキとはいえSSランクだ。余計に通用するはずがない。

…………ならばスキルだ。

グエンのスキルを活かして、このガキを砂漠の彼方（かなた）まで吹っ飛ばしてやればいい!!

光速で殴ってライトニングパンチでも、
音速で殴ってソニックパンチでも、

十分にお釣りがくる!!

ならば、今すぐやってやる!!

そう。

さっさと、ステータスを上昇させて、その恩恵のもとに魔力と体力を回復させればいい!!

そして、思う存分(ぞんぶん)スキル音速衝撃波(ソニックブーム)を叩(たた)きつけてやる!!

「そうさッ!」

魔王軍のように、光速突撃(ライトニングチャージ)でぶっ殺すなど生易(なまやさ)しいわッッッ!!

だから、

「決めたぞ――……」

体力、魔力不足で、スキルの次弾が撃てないならッ!

撃てるようにステータスを割り振るまでだ!

「――スキルを連発できるように、体力と魔力に割り振ってやるっ!!」

ステータス――――!!

上昇だぁあああ!!

体力「+」

魔力「+」

「惜(お)しまず叩き込む!!」

すぐに稼(かせ)いでやるよッッ!!

体力
魔力
「＋」
23,322

――がっがががががががががっがが!!

体力32、46、79⇓２３３

魔力29、48、81⇓２３６

「残り全部ッッ」

グエンがステータスを上昇させている間にも、リズは善戦しているらしい。

シェイラの目にも街道上で暴風のように彼女が暴れているのが見えていた。

オークやゴブリンの腕や足が、街道上に切り裂かれて舞い飛んでいる。

「ぎゃああ!」「ぐもぉおお!!」と、ものすごい悲鳴だ。

どうやら、あえて殺さず、のたうち回らせ後続の障害としているらしい。

激痛でのたうち回る味方は進行の邪魔だし、悲鳴は戦意を喪失させる。

逆にリズは敵を妨害し、悲鳴を聞いて戦意を向上させる。

――だがそれでも、数の差は残酷だ!!

徐々に押されるリズ。

そして、彼女の阻止線を突破した魔物の群れがグエンたちに殺到する。

くそ、間に合うのか⁇

シェイラをぶっ殺してから――――……ああ、何をやっているんだ俺は!!

「グエン――――……少し時間を頂戴。その後ならいくらでも、殺されてあげるから」

さっきまで泣きべそをかいていたシェイラが、グッと膝を起こす。

そして、「グエンに頼まれたんだもん」と、つぶやきながら、警戒と周辺監視をしつつ、シエイラは口を結んで敢然と立つ。

まだ足は震えており、魔物の群れに呑み込まれる恐怖はぬぐえていない。

――だけど、グエンが自分の命を取りに来るまでは倒れられないッッ！

「だから、早くしてよ!!　そして、僕を殺しに来てよッッ!!」

――今すぐッッ!!

「はぁぁぁぁああ!!　僕の中に宿る魔力の渦よ――」

パリパリリリィィ…………。

シェイラが魔法を起動させる。

得意の電撃魔法。

彼女の持つ最大の攻撃魔法で、絶対的な威力を誇るそれ――多段電撃魔法……！

それを敵集団に叩きつけようと――。

「――ううん。これじゃない……これじゃ、足りないよ！」

シエイラは、グエンがトラウマを殺意で塗りつぶした様を間近に見た。

そして、その姿を見て――自分もトラウマを乗り越えられると確信した。

だから、いつまでも震えてはいられない。

「そうだ！　僕の魔法を上回ったアイツの魔法を、今こそッ！」

マルチサンダーボルトを受け止め、さらに最上位の魔法をブチかましてきたあの強大な敵。

《キシャァッァアアアア!!》

——ニャロウ・カンソーのそれを思い出す!!

「そう、思い出して……。あの時の恐怖————……あの時の空気、そして——」

あの時の強大な魔法の行使と、

そして、魔力の流れ——!

ニャロウ・カンソーが使っていた魔法の再現を!!

「うううううううう………!」

ニャロウ・カンソーへの恐怖とともに、奴の使った魔法を思い出すシェイラ。

人間には到底扱うことのできない強大な魔法だけど……。

シェイラは、一つずつ、一つずつ、ニャロウ・カンソーの魔力をトレースしていく。

空気、術式、色と味————……そして、魔力そのもの。

バチ……。

バチチチチ…………!

そして、ついに彼女を中心に迸る電気の渦。

つまり彼女は、ニャロウ・カンソーの最上級魔法をトレースすることに成功したのだ!

自らのトラウマを克服して——。

「はぁ、はぁ、はぁ……。グエン、僕にもできたよ————」

魔法と……。

自分の罪と向き合う覚悟と、
立ち向かう勇気を振り起こすことが――!!

「あの時、僕が一人で逃げなければ――!」

震えの止まったシェイラ。

閉じていた眼(め)をスゥ……と開ける。

「「ぐるるぉぉぉおおおおおおお!!」」

涎(よだれ)を垂(た)らしながら雄(お)たけびを上げて突っ込んでくる魔物をそぅっと見上げると……。

くらえッ。

もう、逃げない――!!

僕は逃げないツツツ。

「――サンダーロード(特上級電撃魔法)ッツ!」

第32話「さてと、準備は整ったぜ……!」

――サンダーロード(特上級電撃魔法)!!

バチチチチチチチチ――――――――……!!

「行けッ！　僕の雷（いかずち）!!」

中空に浮かんだ魔法陣が放電するッ!!

そして、幾条（いくじょう）もの雷が生み出され、次々と魔物の群れに突き刺さった!!

ピシャ――――――――ン!!

「「「「ゴァアアアアアアアア!!」」」」

鼻先で炸裂（さくれつ）した電撃魔法に、何十という魔物が焼き焦（こ）がされていく。

しかし、シェイラはまだ魔力を緩（ゆる）めない。

一撃発動のそれを連続して放つッッ！

「唸（うな）れッ!!　雷ッッ！」

すう――――……。

「――薙（な）ぎ払えッッッッ！」

「「「「――ろォォォオオオアアアアア!!」」」」

ズドォォォォオン!!

ぶしゅうう…………！

「はぁ、はぁ、はぁ……」

大爆発が起きて、街道上の魔物の群れをシェイラが焼き尽くした。

濛々（もうもう）と立ち上る爆炎。

さすがにリズを巻き込むほどではなかったものの、この魔法の威力により、目前に迫っていた魔物はすべて消し炭になっていた。

「こ、これで――全部……？」

そこでシェイラも力尽きる。

ガクリと膝をつき、肩で息を……。

やった。

（――やったよ、グエン!!）

「はぁ、はぁ、やっ――……………なっ!?」

うぎぎぎぎぎぎぎ……！

しかし、その爆炎のベールを突き破るように、魔物の群れがさらに――……さらに!!

「「「ガァアアアァォォォオオオオオオオ!!」」」

「――ち、畜生ッッぅ!!」

可愛らしい声で罵るシェイラ。

慌てて術式を組み上げると、先ほどよりも短時間で魔法を構成ッ。

「さ、サンダーロード!!」

バシャ――――――ン!!

強力な雷が魔物の群れに突き刺さり、爆炎を抜けたオークやゴブリンを吹き飛ばす。

だが、それだけだ。

一撃は強力だが、持続時間は極めて短い！

幾匹の魔物を焼き滅ぼしたとて……。

ズンズンズンズンズン!!

「そ、そんな!!」

魔物の群れはすべてを呑み込まんとして、突き進む。

「くぅ……。だ、ダメ！」

ぐ、グエンに……。グエンに言われたんだもんッ。

「『お前も迎撃しろッ！』……って。『いい加減根性見せろッッ』て！」

言われたんだもん！

言われたんだもんッッ!!

「──言われたんだもんッ!!」

だから!!

「だから───」

もう、

「──僕は、逃げないッッッ！」

気休めと知りつつも、シェイラはマナポーションを呷り喉元を濡らす。

「ぷはッ！　…………来いッ！」

カランッ……。

ポーションの空瓶を投げ捨て、素早く魔法術式を組み上げるシェイラ。

その動きは迅速で、淀みないッ！

「はぁぁぁぁ…………!!」

――パリパリ……パリリッ！

シェイラは最も素早く構成できる魔法――サンダーボルトを立て続けに爆炎の向こうに解き放つべく、魔力を練り上げる。

範囲魔法は無理でも、「連射ならできるッ」と！

すぅ……。

「サンダ――――ボルト!!」

ズババッババ！　と青白い光を放つ魔法が次々に魔物を焼き尽くしていく。

しかし、

「――小癪ナッ！」

ずんっッ!!

その時、爆炎のベールを突き破って巨大な影が！

人の皮で編んだ小汚いローブを纏ったオーク。

そいつが！

バシンバシンッ！　バリィイイン!!

「な、なにコイツ!!　僕の魔法をッ!?」

何者かが戦場に闖入し、シェイラの魔法を弾く。

——パシン、パリン！

いや、霧散させた!?

「そんな……!?」

慌ててシェイラが何発ものサンダーボルトを打ち込むがことごとくを弾かれる。

よく見れば巨大なオークの前にうっすらと魔法の膜が……。

こ、これはッ！

高等魔法の——……。

「——マジックキャンセラー!?　うそ……魔物が——きゃあ!!」

ドドドドン!!と、シェイラの前に、多数の魔法の弾が着弾。

威力の弱い「魔力弾」であったが桁違いの密度だ。

「フン……。光の魔法を使ッテイルトコロヲミルニ、サッキの大魔法はオ前カ」

小手調べと言わんばかりの魔力弾。

オークメイジはシェイラの魔法に目をつけたらしい。

「……そ、そうだよ！　僕の魔法だ！」

その言葉に、オークメイジがギロリと恐ろしい視線を向ける。

「小娘がァアッァア！　ヨクモ我ガ精鋭を道ゴト焼キ潰シテクレタナ！　貴重なドラゴンマデモォォオ」

「え？　ど、ドラ――――……？」

「あ、コイツ勘違いしてる……」と、シェイラは気づいた。

電撃魔法を放ったのは確かにシェイラだが、魔物を群れごと一掃したのはグエンだ。

――だが、魔物に電撃魔法と『光速突撃』の区別などつかなかったのだろう。

そして、

「殺シテヤリタイ所ダガ、我ガ王が貴様を所望ダ！　生カシテ連レ帰ルゾ。ソノ後のコトハ知ランガナァァアア。グハハハハハハ」

凶悪に笑うオーク。

「ひっ……！」

シェイラとて、オークの凶暴性は知っている。

だから、一瞬足がすくみそうになる――。

誘拐された婦女子がどんな目にあうかを思えば――……。

「……で、」

オークメイジの纏う人皮ローブには明らかに女性のそれも混じっていることに気づき――。

剝がされた人の面影が浮かび上がり悲鳴を上げているようにも――……。

「できるものなら――――やってみなよッ！」

はぁぁぁぁぁぁああ!!

パリパリパリリリリリ――……と、サンダーボルトを連続発射！

もちろん効(き)かない。

「無駄ダ、無駄ダ！　非力ナ人間の魔法ナド、効クモノカッ！」

「でしょうね――――……」

そして、効かないことは百も承知！

だけど、

「……これならどうかな？」

そう言って、シェイラが構えたのは――――……。

人間の魔法が効かないなら、
人間以外の魔力を頼ればいい‼

そう。

これは――――‼

「――非力な人間のじゃないよ？　これは神様からの贈りものぉぉぉぉおお！」

グエンが持っていたレアリティSクラスの槍(やり)‼

それを勝手に拝借(はいしゃく)ぅぅう‼

「……ソ、ソレハ‼」

ぐ、
グングニルッッッッ⁉

「グングニルッッッッ！　ダトォォォォオオ‼」

オークメイジの顔が驚愕に歪む！

そして、シェイラの持つ槍に奴の視線が釘付けとなった。

それを狙っていたシェイラは会心の演技が決まったと口角を上げる。

万策尽きたと見せかけて――――……！

「――食らえッッッ!!　僕の雷ぃぃぃいいい!!」

凶悪な電撃を纏ったグングニルが吠えるッ！

使い方は至極簡単ッ。

人間なら、誰にでもある微量の魔力を通すだけで、サンダーロード級の魔法が放てる、伝説の槍だ!!

それが発動する！

一瞬にして魔力が駆け巡り穂先から迸る!!

そいつが、バチィィイ!!　と電撃を奔らせ、オークメイジを貫いたっ！

「カァ！　アガガガガ………！」

バリバリバリ、と雷がオークメイジに直撃し――――……。

「――これで、終わりだぁぁあ！　……」

「……と、思ッタカ？　小娘ェ」

「……――え？」

え??

シェイラの叫びに言葉を被せたのはオークメイジ。

そいつが、ニヤリと笑っていやがる……。

余裕すら感じさせるオークメイジは、手にした杖を地面に刺していた――……何のために!?

「……アンナ強力ナ魔法を見タ後ダ。何の対策もシテナイト思ッタカ？」

――馬鹿メっ！

「そ、それは――」

………それはぁぁ!!

アンチ電撃魔法、

「………ひ、電撃避け――!?」

バチィン!!

次の瞬間、強力なグングニルの強力な一撃がオークメイジの杖に吸い込まれていく。

バチチチチチチ……！

そして、地面に沿って流れて拡散し………「くっ！」

「オット！」

「まだまだ――」

シェイラは慌てて二撃目を放とうとしたが、

「――ソウハサセンっ！　ブヒヒンッ」

びゅん!!　と風を切る音がしたかと思うと、

——ガッ!!

「ひッ!?」

その巨体からは想像もつかぬ俊敏さでオークメイジが肉薄し、一瞬にしてシェイラの腕を掴み上げる。

そして、

「声が出セテ、体が無事ナラソレデイイ——」

「や、やめ——」

パキッ——………。

「かっ——………ぁぁあああああああッ!」

シェイラが、口を限界まで開けて悲鳴を上げる。

いや、それは悲鳴になっていない。

バキバキッ! と、乾いた枝を折るような音とともに、彼女の口から声なき声が……。

「あっぐ……」

わななきつつシェイラが腕を見れば、グングニルを掴んだそれが、あり得ない方向に。

そして、恐る恐る傷口を見て——……。

皮膚を突き破って何か白いものが——……。

「いやッ!」

小さく悲鳴を漏らせばもう終わりだ。

今さらながら激痛が――――！

痛い……。

痛い……!!

いた――――……。

「いやああああああああああああああああ!!」

次の瞬間、全身を貫く激痛にシェイラは叫んだ。

ブワリと噴き出す脂汗ッ！

涙がとめどなく溢れ、止まらない!!

だが、

「安心シロ――」

そう言うが早いか、シェイラの細い足に手をかけるオークメイジ。

や、

「やめ――――……」

「担イデイッテヤル――」

だから、

「……四肢は捥イデイクゾ」

「ひぃっ！」

ムンズと、太い腕が容赦なくシェイラの細い足を摑むと、

や、

「やめ――……」

パッ…………………………。

ミリリリと、シェイラの腿をオークメイジがねじりはじめたその時――。

「おう、待てや、ごら。――テメェ、俺の獲物に何やってんだよ……」

「ナニっ!?」

オークメイジの死角。

シェイラの陰に隠れて見えていなかったようだが、そこには片膝をついてステータスを操作していたグエンがいた。

そして、
ユラリと立ち上がると、

「キ、貴様イツカラソコニ――!?」

「――何やってんだっつってんだよ、ゴラぁぁぁあっ」

ステータス画面を中空に浮かせた男が声を上げる。

ぶぅぅ……ん。

「グエンッッ!!」

感極まりシェイラが叫ぶ。

だが、グエンはさらりと無視しつつ、

「こっちは、とっくに終わったっつの――……!!」

ズンッ……!!

体力233⇓757

魔力236⇓757

そいつは、ステータス画面をゆっくりとしまう。

そして、この不意に姿を見せた男――グエン・タックは!!

周囲を見回し、そして、うっすらとシェイラたちを睨む――……。

「ぐ……」

グエン――――?

「グ――」

シェイラの言葉が終わらないうちに……。

「何べんも言わせんじゃねぇッ!」

そして、

ゆっくりと腰を落とし、拳を構える――。

「なにをやってんだぁぁあああッッ!」

グエンの咆哮ッ!

その次の瞬間ッ。

――パァアン!!

と、
音を超えた衝撃波がオークメイジの腕を打った。

第33話「さてと、ケリをつけるぞ」

「何やってんだよ……」おう、ゴラ。
――パァン!!
何かがオークメイジの腕を打つ。
何か?
何かだって??
……………そんなものは決まっている。
「ナ……」
それを茫然と見るオークメイジ。
太い腕が何か鋭利なもので切り裂かれ、シェイラごとぼとりと地面に落ちる。
途端に軽くなった腕を見て、オークメイジが叫ぶ!!
「ナン、ジャコリャ――――!!」

いた。

今頃になって、ブシュウウ!!　と、ドス黒い血が溢れたとき、オークメイジはようやく気づいた。

その少女が、小さな体で背後に守っていたもの――……。

ひとりの、庇われていた男にようやく気づいた。

そして、その男が携えているレアアイテムにも――。

「ぐ、グングニルに、トリアイナ――……!　ま、マサカ、オ前タチがニャロウ・カンソーを⁉」

――ずん!!

オークメイジが言い切る前に、グエンが一歩大きく踏み出した。

「おうごらぁ……。何やってんだよッって、……聞――いてんだよッ!!」

怒りの声を上げるグエンの姿がぶれて見える。

シュンッ!　と空気を切りながらオークメイジの懐に潜り込むと――「おらぁぁあ」と、
グエンが音速の拳を突き立てた。

ドズンっ!!

その瞬間、オークメイジの腹がボコォォオとへこみ、逆に背中側がグニョ――と、膨らむ。

「ブフ――グォォオ…………ゴォオオッオッオ」

ぶううう……ん。

名　前：グエン・タック
職　業：斥候

称　号：光（ライトニング）
（条　件：敏捷（びんしょう）９９９９を突破し、さらに速度を求める）
恩　恵：光速を得る。光速は光の速度、まさに光そのもの
　（アナタは光の速度を超えました）
※敏捷ステータス×３０８００００
※光速時の対物理防御無限
※光速時は、攻撃力＝１／２×筋力×敏捷の２乗
体　力：７５７（ＵＰ！）
筋　力：14
防御力：20
魔　力：７５７（ＵＰ！）
敏　捷：９９９９
抵抗力：12
残ステータスポイント「＋０」（ＤＯＷＮ！）
スキル：スロット１「韋駄天（いだてん）」
　　　　スロット２「飛脚（ひきゃく）」
　　　　スロット３「健脚」
　　　　スロット４「ド根性」

スロット5「音速突撃（ソニックチャージ）」
スロット6「音速衝撃波（ソニックブーム）」
スロット7「光速移動（ファストラン）」
スロット8「光速突撃（ライトニングチャージ）」
スロット9「未設定」

「か、カハッ……」

突き刺さる、音速衝撃波（ソニックブーム）を乗せたグエンのパンチ。

オークメイジの目がグルんと白目を剝（む）きかける。

そのまま、音速で距離をとると、残心。

「ゴホォォオオ…………ブヒ」

ドズゥン……と、倒れ伏したオークメイジ。

口からブクブクと泡（あわ）を吹いている。

「トドメだ――」

そして、手にはトリアイナ。

その穂先（ほさき）には腕を切り落としたときについた鮮血が――。

「ぐ、グエン……」

脂汗（あぶらあせ）を流すシェイラ。

しかし、彼女には目もくれず――……。

「コイツは俺の獲物だ……お前のじゃねぇ。俺のだ。俺がどうするか決める――」

「ブヒッ……ヨセ！　が……！」

ゴキッと、頭に足をかけ――手に持つトリアイナをゆらりと構えると、

「くたばれ、豚野郎」

「ヤメ――」

ブンッ!!　と、音速衝撃波とともに、振るう一撃。

遅れてパァァン!!　と空気の壁が破れて、オークメイジの首が舞う……。

「ブ、ブヒぃいっ……」

生首がごろりと転がり、最後の吐息とともにオークメイジが沈む。

そして、グエンがユラリと振り返り、シェイラを見た。

逆光で顔の表情がよく見えない。

……光の加減で、やたら片目だけがぎらぎらと――。

「よぉ、シェイラ――」

「グエ……」

あぁ、殺されると、シェイラが覚悟した時。

――ズドンッッッ！

「ひぃぃぃい!!」

彼女の足元にズドンと突き刺さるトリアイナ。

その勢いにシャイラは悲鳴を上げるも、見上げたグエンの顔は意外にも静かな表情だった。

「…………周辺の警戒、ご苦労。――魔物の迎撃もな。やればできるじゃねぇか」

コクコクコク……。

シェイラは無言で頷く。

「さっきので許したわけじゃねぇ……。だけど、俺だって戦況くらい読めるさ」

――だから、

「いくつかある貸しを一つ解消してやる。わかったら、立て――――」

そう言ってグエンはシェイラに手を差し伸べた。

激痛で今にも倒れてしまいたいのをシェイラはグッと我慢し、
一つ頷くと、無事な方の手でグエンの手を摑む。

うん……。

「わ、かった――――……」

行く。

行くよ……。

行くから!!

――今度は逃げないからッッ!!

ギュッと握りしめたその手。

大きくて、雑用ばかりしていた逞しい手のひら――……。

「行くぞ。リズのもとまで――」

「うんッ！」

第34話「ダークエルフは、苦戦する」

「くッ……！」

――なんて数ッ！

リズは眼前に迫りくる貧相な装備のゴブリンの一個分隊すべての首を刎ね飛ばすと、休む暇もなくオークの下士官に突撃する。

そのまま抱きつくように首筋にかじりつくと、両手に持った短刀で頸動脈を掻き切った。

「グォオオオオオ…………ご――」

断末魔の悲鳴を上げるその巨体を蹴飛ばし、それを足場に跳躍。ほんの少し距離を稼ぐ。

そして、足元に散らばるゴブリンどもの武器を雑に投擲し、魔物の集団を威嚇した。

そうして、少しずつ……少しずつ後退していく。

「これ以上は……限界かな？」

最初に稼いだ距離は魔物の圧倒的数によって徐々に徐々に狭められていく。

取りこぼした魔物も多く、奴らはリズの脇を駆け抜け、後方へ殺到していった。

あの先にはグエンたちがいる――――。

先ほど後方で巨大な雷光を確認したので、シェイラあたりが善戦しているのだろう。

それは予想通りの展開でもあったが、そう長く続くとも思えない。

所詮、シェイラは魔術師。火力こそあれど継戦能力はとても低いからだ。

「だから、本命は――グエン……。アンタにかかっているのよ」

アタシも――……そろそろ限界!!

「たぁあ!!」

とっておきの爆破の呪符付きのクナイを投擲。

呪符付きの武器は、これでしまいだ――――……!

ズドォォォオオオン!!

密集した魔物の隊列に投げ込まれたクナイが立て続けに爆発。

ゴブリンやスケルトンどもの肉片を派手にまき散らした。

幸いにも後続のこいつ等は雑魚ぞろいなので、数を除けば大したことはない――――……ないが！

「小娘ガァァァァアア!!」

「く！」

ガキィイン!!
突如爆炎を突き破って現れた大柄なオークの精鋭。
「ロイヤルガード!?」
手にしたハルバードを遠心力を加えてリズに叩きつける。
それを直接受け止めずに受け流すリズ。
顔の横で盛大に火花が散る。
髪の焦げる匂いに、よほど危うい一撃だったとわかる。
「オークロイヤルガード……。たまにこーゆーのが混じってるから厄介だわ」
雑魚の集団と侮っていると、危ういことになりかねない元凶がこいつらの存在だ。
SSSランクでさえ手を焼く上位個体。
一対一ならなんとかなるかもしれないが、今は多勢に無勢。
雑魚どもといえども、周りを取り囲まれたらかなりやばい。
そうして、今がその状況だ。
ロイヤルガード直卒の兵が数十。
負傷兵もいれば上位個体のナイトも見える。
「ち……」
手持ちの武器も心もとなくなってきたリズ。
ここに至り少し焦りの色を見せる。

「女の子一人に、大勢って――そりゃあ、ちょっとモテないわよ、アンタたちぃ!!」

タンッ！　と、勢いをつけてリズが低く跳ぶ。

まるで足を刈る勢いで低く、低く――……！

まずは――……。

「頭をッツ！」

リズの目標は一つ！

オークロイヤルガード!!

「ソウ来ルト思ッタワァァアア!!」

ぶぉん!!　と柄がしなるほどの勢いでハルバードを振るうオークロイヤルガード！

リズの狙いは周囲の雑魚を盾としつつ一気にこの頭に肉薄することであったが――……。

「コイツ!?」

ぶしゃ!!　――と、血しぶき。

ゴブリンやスケルトンなど多数の味方がいるにもかかわらずロイヤルガードは長柄の武器を振るうッ!!

「貰ッツタァアア!!」

「なわけ、ないでしょ！」

低い位置からのバク転。

リズはハルバードの一撃をなんなく躱し、着地の位置をその柄とする。

「ヌゥ!?」

「味方討ちありがとう――手間が省けたわ」

タタタッ！　と軽快にハルバードの柄を駆けると、手首――二の腕と、短刀の刃で所々切り裂きつつ、急所を狙う。

「コ、コノォ!!」

そして、肩口で跳躍し、クルンと横に反転しながら遠心力を乗せて――……斬首!!

「ガッ！」

ドン、コロロ……と、オークロイヤルガードの首を刈り取る。

「ふぅ……！　さぁ、来なさい!!」

「「「ゴォォアアアアアアアアアア!!」」」

「ちぃ!!」

勢いをそいだかと思ったが、逆効果！

ますますいきり立った魔物の群れがリズに殺到する。

「く……この！」

リズの生業は暗殺者。

闇に乗じ、物陰から魔物を狩るのを得意とするもので、こうして陽のもとで大群を相手にするのはもっとも苦手である。

だから、――……圧殺されるッ！

「や、やめ！　きゃあ！」

一つ、二つと首を切り飛ばすも、その度、刃が鈍り勢いがそがれる。

突き刺せば肉が固まり、引き抜くのに二、三の動作を要し、暫し次の魔物に対処できない！

1のオークよりも、10のゴブリンが厄介で、10のゴブリンより100のスケルトンが煩わしい!!

バリリと、衣服が破れ、ブツリと皮鎧が削られる。

そして、鈍い刃とボロボロの穂先がリズの柔肌を徐々に傷つけていく――――!!

「「ゴルァァアアアアア!!」」

そうして、傷つく少女の姿を見てますますいきり立った魔物が一斉に殺到した！

リズが使えるのは二本の短刀のみ!!

それに比して魔物の群れは無数の得物を――――!!

もう、無理――――……。

グエン……！

「――――きゃあああああああああああああああああ!!」

助けて――――!!

無数の魔物がリズに襲いかかり、
ついに――――。

――キィイイイン……！

リズの短刀が何度目かの攻撃で弾(はじ)き飛ばされ空を舞う――……。
その刀身(とうしん)が湿地帯の弱い陽光を受けてキラリと輝いた。
………キラリと?
この弱々しい陽光のもとで輝いた??
……いや、――――違う!
そんなわけがないッ!!
そうだ!!
この『光』は――――!!
カッ――――!!
――ぼッんッッッッ!!
と、魔物の群れが、一直線に消し飛ぶ。
そう。それはまるで巨大な見えざる神の鉈(インビジブルマチェット)――……。
――この光はッッ!!
「待たせたな――……」
来た!!
来てくれた――!!
「グエンっっっ!!」

第35話「さてと、殲滅したぜ……！」

「グエン！　遅かったじゃないッ」

リズの軽口の先に、一人の男。

──しゅうう……。

湿地帯の、しけった空気のなかに降り立つのは──光速の男、グエン。

「光より早く来たっつーの……」

スタッ……！

地面にまっすぐな抉（えぐ）れた痕跡（こんせき）を残してグエンは降り立った。

腕にはシェイラをしっかりと抱きしめ、
まるでこの星を一周してきたかのような有様（ありさま）で、全身から湯気を──……いや、魔物を蹴散（けち）らした際のオーラを漂わせている。

ぶうう……ん。

名　前：グエン・タック

職　業：斥候（せっこう）
称　号：光（ライトニング）
（条　件：敏捷（びんしょう）９９９９を突破し、さらに速度を求める）
恩　恵：光速を得る。光速は光の速度、まさに光そのもの
（アナタは光の速度を超えました）
※敏捷ステータス×３０８００００
※光速時の対物理防御無限
※光速時は、攻撃力＝１／２×筋力×敏捷の２乗
体　力：　７５７
筋　力：　14
防御力：　20
魔　力：　７５７
敏　捷：９９９９
抵抗力：　12

ジャキジャキジャキジャキジャキジャキ♪
⇓「オークロイヤルガード」を倒しました×８
⇓「ホブゴブリン」を倒しました×１

⇓「オークナイト」を倒しました×32
⇓「ダークスケルトン」を倒しました×１
⇓「ウェットランダー」を倒しました×21
⇓「ゴブリンポーター」を倒しました×65
⇓「捕虜（ほりょ）」を倒しました×６
⇓「スケルトンウォーカー」を倒しました×１００
⇓「オークオフィサー」を倒しました×１
⇓「ゴブリン」を倒しました×26
⇓「さまよう戦奴（せんど）」を倒しました×２
⇓「オークポーター」を倒しました×１０３
⇓「ゴブリンリーダー」を倒しました×１
⇓「ゴブリンポーター」を倒しました×１０２
⇓「スケルトンウォーカー」を倒しました×98
⇓「オークポーター」を倒しました×98
⇓「さまよう人足」を倒しました×１０２
⇓「捕虜」を倒しました×54
⇓「リザードマン」を倒しました×12
⇓「オークソルジャー」を倒しました×６

⇓「オーク」を倒しました×8
⇓「魔狼（まろう）」を倒しました×1
回るは回る。

撃破ステータスがギュンギュンと高速回転。

首筋には、今もシェイラがしっかりとしがみついている。

彼女はきつくつぶっていた目を恐々（こわごわ）とゆっくり開けた。

「おぃ……」

「おぃ!!」

「きゃっ!!」

シェイラの首根っこを掴（つか）みまじまじと見つめるグエン。

すると、彼女の顔がみるみる赤く染まる。

「ぐ、グエン……?」

「降りろ。もう、片はついた」

ポーイと投げ捨てられたシェイラ。

「きゃあああ！」

ボテチーンと、腰を打って、涙ぐむ。

「いったーい！　放り捨てなくたって――……って、きゃあああ！　リズぅ!?」

シェイラの目の前には装備がボロボロになったリズ。

心なしか、トレードマークの笹耳がたれーんと垂れていた。

「だ、大丈夫!?　だ、誰にこんなひどいことを――――ハッ!?　まさか……」

恐る恐るグエンを見上げるシェイラ。

「……って、なんでやねん!!」

グエンはグエンでシェイラの失礼な妄想に思い至り、キツめのチョップを叩き込む。

「はぶぁ!」とか言って、シェイラが地面に突っ伏しているが、知らん。

「なんでやねん!!」

もう一度言っておく。

「今の今までお前と一緒におったやろがぃ!!」

マセガキめ……。

何を想像してやがったんだか――。

そこに、ヨロヨロとリズが立ち上がろうとする。

「――あははは。ほーんと、マイペース。結構遅かったわね……。待ちくたびれたわ」

あはは、と力なく笑うリズに手を貸すグエン。

リズが土埃を払いながら起き上がると周囲の景色は一変していた。

よっと……。

「それにしても……」

動くものがほとんどいなくなった湿地帯……。

リズがたらりと冷や汗を流す。

「――ぜ、全部やったの……!?」

「あぁ、イイ感じにお前に集中していたからな。コイツがタイミングを見て――そして、かっ飛ばしてやったよ」

ポンポンと気安くシェイラの頭を叩くグエン。

トレードマークの三角帽子がベシャベシャと潰れるが、「うー……」と、怒っていいのかわからない表情でシェイラはグエンを見上げるのみ。

「あら。仲直りしたのね？　よかったじゃない」

ニコリと笑うリズを見て、グエンは嫌悪感を露にする。

「はっ。誰がこんな悪ガキをそう簡単に許すかよ。リズのために一時的に利用しただけだ」

そう言ってそっぽを向くグエンを見て、

「素直じゃないんだから。……シェイラ、ご苦労様。ちゃんとやればできるじゃない」

「う、うん……。僕も今までゴメンね」

シェイラは褒められてどうしていいかわからず、とりあえず謝る。

しかし、フッと相好を崩したリズがシェイラの肩を叩く。

「自分で判断したんでしょ？　アタシは見てたし、知ってるわ――――」

そう言ってシェイラに礼を言う。

シェイラはグエン突撃の判断を任されていた。

そして、しっかりと戦況を読み、リズが魔物に倒され組み敷かれるギリギリを見計らっていた。

なぜなら、
グエンのスキルは強力無比だが、威力がありすぎる。

下手なタイミングで、
下手な方向にぶっ放すと、……リズを巻き込みかねない。

だから、補助する者が必要だったのだ。

そして、グエンはシェイラにそれを任せ――。

シェイラは完璧にこなした。

……たとえ、それがリズの見様見真似だとしても――だ。

「ふん……。リズはこいつに甘すぎる」

「アンタが厳しすぎるのよ。…………子供なのよ、まだ」

リズがしみじみと言う。

彼女なりの行動規範なのだろうが、割を食ったグエンとしてはそう簡単には許しがたい。

だが、リズのやることに口を挟む権利もない。

割を食ったのはリズも同じだからだ。

だけど、まぁ……。

「リズの年齢からすれば、みんな子供だろうが」

ごっき！

「いっだ!!　いっだぁぁあああ!!」

ケツに蹴り（け）を貰っ（もら）たグエンがぴょんぴょん飛び跳ね（は）る。

「――レぃディぃに年齢のこと言うなっつの!!」

「……グエンさいてぃ」

うっさい!!　とくにシェイラ！　調子に乗んなッッ!!

「っと……。冗談言ってる場合じゃないんだったわね」

「あぁ、いてて……。っと、そうだな――残余（ざんよ）は？」

グエンは肩と首をコキコキと鳴らしながら周囲を見渡す。

そのころには、すでに敵の数を走査（スキャン）し終えていたリズ。

「んー。百もいないんじゃないかしら？　ほとんど、負傷してるわね――……あと、湿地の魔物は四方に散ったわ」

さすが斥候としてグエンの上位互換（ごかん）。

敵状の把握（はあく）力が、半端ではない。

「つまり――……」

「ええ、まとまって逃げた兵のいる場所に、王がいるわね」

――王。

この魔物の群れを率い（ひき）てきたやつだ。

それが魔王か、それとも、別の四天王かはわからないが、この魔物の群れの根源ともいえる。

「どうするんだ？　ギルドに報告するか？」

「さぁ、こんなケースはアタシも初めて。…………もしかして、史上初なんじゃないの？　襲撃される前に魔物を殲滅したのって――」

ま、マジ？

「今までは防戦一方だったけど――……」

フフッと、リズが上品に微笑む。

初めて見る顔だ。

「――魔王様のご尊顔を拝謁できるかもよ？」

そう言って、ニィと犬歯を見せるように上品にかつ凶暴に笑うダークエルフがそこにいた。

第36話「豚の、撤退」

ぼんっっ!!

と、戦場に爆音と光が奔った。

いや、光が走って爆音だったか？

いやいやいやいや！

そうじゃない、そうじゃない!!

「────ナ、ナンダトォォォオオオ!?」

ガッパー!!　と、大口を開けて呆気にとられるオークキング。

その巨体と筋肉すら滑稽に見えるほど、圧倒的な光景がオークキングの目の前に広がった。

「ば、ババババババババ────────バカナぁぁああ!?」

何度瞬きしても同じこと。

オークキングの目の前でたしかにその信じられない光景が────……。

「オ、俺の軍団ガァァァァ……」

あと少し───。

あと少しで、あの生意気な人間と、その先鋒をぐちゃぐちゃにできるというところだったのに、
寸前にて、あの光が奔った。

それは先のそれと同じもので、オークキングにとって忌むべき光。

「ア……ア……アァァァ────」

開いた口が塞がらない。

そして、何度見返しても間違いなかった。

オークキングの有する軍団は───

小娘を圧殺できると思ったその現場に迸った光が、一瞬にして——彼の配下を木っ端微塵に吹き飛ばしてしまった。

オークも、

ゴブリンも、

アンデッドも、

捕虜も、

老若男女の区別なく——……！

吹っ飛ばしちまいやがった——!!

そして残った僅かな負傷兵。

彼らは叫びながら逃走を開始。

そりゃそうだ。

指揮官を失い、数の優位を失ってしまえばそんなものだ。

だが、まさかのまさか……。人間の街に指一本触れることすらできずに壊滅するなんて——！

「ミ、認メン！　認メンぞぉおっぉおぉおおおおお!!」

ありえん、ありえん!!

ありえんだろぉぉおおお！

「「ブ、ブヒィイ!!」」

「むぅ!?」

一人で憤慨しているオークキングのもとに、ヒィヒィと唸りながら兵らが逃げ込んできた。

見れば、リザードマンらの残余はてんで好き勝手に湿地の彼方へ逃亡し、引き連れてきた兵らは指示もないまま撤退開始。

重傷者を見捨てつつ、足を引きずりながら――のろのろとこっちに向かってくるではないか。

「バ、バカモノ!! ソンナ、ゾロゾロと来レバ――」

こっちの位置がバレ……る。

――ぞくり……。

「ブヒッ!?」

オークキングは、自らの首筋に刺すような視線を感じた。

その鋭利な視線はどこから――……。

(あ、アソコカラ!?)

それは先ほど光が迸り、配下の群れを消したあの場所からだった。

「グ……! カ、勘ヅカレタノカ――」

その瞬間、オークキングは素早く計算する。

退くべきか、逝くべきか――。

退けば、ただの敗北だ。

みじめな敗残兵の長として後ろ指をさされるかもしれない。

だが……。

だが、だが、だが……！

だが、あそこに逝けば、確実に死が待っている。

それでもッッ!!

華々しく散り、戦死した兵の後を追う──……実にカッコイイ。

「グヌヌ……」

……だが、それだけだ。

そして、その程度だ。

もちろん、この程度の残余の兵で人間の街が落とせるはずがない。

自棄になって突っ込んでも勝てる相手ではない。

つまり、無駄死にだ。

死に際はかっこいいかもしれないが、素材として捌かれてギルドに陳列されるのが関の山。

「ウーム。ブヒッ……」

だが、潔く散るのも将としての務め──。

「──ッテ、何デ死ナナキャナラネーンダヨ！」

だが、オークキングは俗物だった。

敗残兵をジロリと見下ろすと、サッと身をひるがえして後退開始。

彼らを収容するでも、叱咤激励するでもなく……ただ逃げた。

逃げて、逃げて再起を図るべく。

「ブヒヒヒ！　ナァニ、兵ナラマダマダ……イクラでもイル――――。冒険者ドモメ、コノママデ許スモノカヨっ」

――覚えていろよ、と。

捨て台詞（ぜりふ）を吐くと、クルリと踵（きびす）を返した。

断末魔（だんまつま）の叫びを上げつつ追いすがる敗残兵どもには一瞥（いちべつ）たりともくれずに、それはもう鮮やかに――。

グハハハハハハハ、ブヒヒヒヒヒヒヒヒッ！

と、高笑いを残しつつ、オークキングは撤収を開始した。

……しかし、その判断は果たして正しかったのだろうか？

一瞬にして、魔物の群れを全滅させた冒険者を前に、すごすご撤退することがどれほど正しいのか――。

……賢（かしこ）いようで、所詮（しょせん）は魔物。

文字が読めて、魔法が使えたとて、人間の底知れぬ悪意の前にはとてもとても……。

その姿をジィっと見ている目があることなど思いもよらずに――彼は逃げる。

そして、

大急ぎで撤退を始めたオークキングの後を追って、敗残兵が次々と途中で力尽きながら――

死の街道を形成していく。

それはまるで、地獄への道しるべのごとく……。

第37話「さてと、どうする？」

——魔王様のご尊顔(そんがん)を拝謁(はいえつ)できるかもよ？

そう言って、実に楽しげに微笑(ほほえ)むリズ。

これから死地に飛び込もうというのに、こうまであっけらかんと笑えるのは、なるほど——

やはり彼女はＳＳＳランクなのだなと納得できる。

「魔王かどうかはさておき——……連中をそのまま逃がすのも面白(おもしろ)くないな」

グエンは少し考え込む。

光速攻撃であっという間に殲滅(せんめつ)してしまったので、グエンにはまだ余裕がある。

だが……。

「グエン。ここはアンタ次第(しだい)よ」

リズはそう言って悪戯(いたずら)っぽく笑う。

グエンと違って、魔物の群れに飛び込み奮戦(ふんせん)していたリズ。

そんなものだから彼女の戦闘力の低下は著(いちじる)しく、実際のところ継戦能力は疑わしい。

そして、シェイラはシェイラでかなり消耗(しょうもう)している。

魔力の消耗はもちろんだが、オークメイジにやられた傷が思ったより深く、このままでは長い戦闘には耐えられそうにない。

「そっちは大丈夫なのか？」

念のため、二人の状況を確認しておくグエン。

リズはともかく、シェイラは厳しいだろう。

「アタシは大丈夫だけど――」

「うう……」

脂汗(あぶらあせ)を流すシェイラ。

その顔は青ざめており、今にもへたり込みそうだ。

傷にも効(き)くポーションで抑えているとはいえ、結構な重傷だ。

「………だよな」

グエンは小さく息をつく。

今判断を誤るわけにはいかない。

冷静に状況を分析(ぶんせき)してみると、
ポーション類には余裕があったが、そもそも追撃(ついげき)戦を想定していない防衛戦だったので、諸々(もろもろ)を含めて準備不足もいいところ。

つまり――。

「……さすがに、今すぐ追撃ってのは無理があるよな」

「まぁ、妥当な判断ね。……だけど、今追わないと逃がすわよ？　それに、うまくすれば魔物の大群の原因を突き止められるかもしれないわ」

リズは本音では追撃したいのだろう。

グエンにも冒険者としての矜持がある。

敵の指揮官を追って、策源地を突き止めたいという気持ちもなくはない。

だが……。

「ぼ、僕はちょっと遠慮していい？」

（お……？）

本当に遠慮がちにシェイラが手を上げる。

彼女の今の心境や、立場からすればかなり勇気のいる発言だっただろう。

だが、それを押しても手を上げて言葉を発したのは彼女なりの覚悟のあらわれだ。

冒険者として、

償うものとして――……。

「なんだと……？」

「――そうね。その傷じゃちょっとね……」

リズは、余計なことを言いかねないグエンをそっと押しとどめると、さりげなくシェイラの包帯を巻き直してやっている。

血のにじんだそれはシェイラの傷口を痛々しく覆っていた。

それを見てグエンの口が何かを言おうとして、やはり閉ざされる。

（ち……。たしかに怪我人じゃ、足手まといだな。だけど——）

レジーナ級の回復役がいればあの程度の傷なんということもないのだが——そうそう都合よくＳＳランク以上の使い手の回復役などいない。

ただでさえＬｖの上がりにくい回復役はどこのパーティでも引く手数多だ。

ましてや、高位の回復役ともなればなおさらだ。

だから、グエンたちのような最前線に配置されたパーティに回復役はいない。

……つまりはそういうこと。

所詮グエンたちも捨て駒なのだ。

「——ちっ。わかったよ」

無理を押して追撃しても、こちらもただでは済まないだろう。

今のところは、グエンたちが準備した戦場で戦うことができたが、追撃ともなれば敵にも戦い方の自由がある。

戦場を選ばなければグエンのスキルとて無敵というわけにはいかないだろう。

いずれにしても——……

「一度、態勢を立て直すしかない、か……」

「追撃できないのは悔しいけど、ね」

リズも忌々しげに敵の指揮官がいたであろう方角を睨みつける。

撤退している魔物の群れは負傷者だらけで動きが鈍い。

すぐに追撃をかければいくらでも追いつけそうだが、街に戻っていては取り逃がす――――。

ん？

いや、待てよ――――。

街に帰るといっても……。

グエンならば――――！

「「あ……！」」

リズがピンと、何かを思いつく。

だが、当然グエンだって思いつく――――。

「考えがある」「考えがあるんだけど」

思わず、ハモった二人。

そう言ってグエンとリズはニヤリと笑った。

「「光速移動ッッ!!」」

「え……？」

え？

え？　ええ??

「こ、光速――――な、なに??」

何のことだかわからないのはシェイラだけ――――。

第38話「さてと、一瞬で帰ってきたぜ」

光速移動(ファストラン)!!

キィイイイイイイイイン……!!

スタッ!!

「きゃあああ!!」

二人の少女を抱えたグエンが華麗(かれい)——……というには、ちょっとあれな姿勢で降り立つ。

ズザザザザザザ——……ぷしゅ〜!

「ふぉ!? く、くせ者ぉ!?」

それを迎えるのはいつかの番兵(ばんぺい)。

「ちょっと落ち着きなさい。アタシよ。アータシ」

「むむ!? そのライセンスは——……!」

反射的に槍(やり)を構える番兵。

「り、リズさんでしたか、急に目の前に男が現れたので何が起こったかと……誠に申し訳ない」

慌(あわ)てて臨戦(りんせん)態勢を解くと、素直に謝罪している。

だが、その風体（ふうてい）はいつもの小役人（こやくにん）然としたそれではなく。

今日ばかりは彼らも完全武装だったのだが――……。

リズたちを降ろしていると番兵と目が合う。

「ぐ、グエンか!?」

「おう」

スパッ！　と挨拶（あいさつ）を返すグエンも慣れたものだ。

「こ、――コホン。辺境の街リリムダにようこそ」

いつも通りのやり取り。

番兵は、また――真面目（まじめ）腐って見張りの任につく。

どことなく緊張しているのは、魔王軍に備えているためだろうか――……。すまんな、もう連中は来ねぇよ。

つ――か、シェイラはいつまでくっついてくんの？

そんな目でグエンはシェイラを見ているが、意外にも彼女は目をぐるぐると回しながらも、グエンに顔を向けて言った。

「なんだ、お前――さっさと」

「――は、早っ!?」

え？

「速ッぁぁあッ!!?」

目をぱちくりとさせたシェイラが何度も何度も言う。

だが、あまりにも至近距離で言うものだから、グエンの耳がキーンと――……。

「はっや――――い!!」

スパァン！

「はぶぁ！」

シェイラの顔が爆発。

しかし、すかさずそこに――。

「うっさいわ。エエから行くぞッ――――はぶぁ!?」

スパァン!!

「女の子を叩かないの！」

「はぶぁ」×2の表情。仲良しシェイラ&グエン。

どちらも同じように頭を押さえて「うぐぐ……」と唸っている。

リズのツッコミは、防御力が「紙」に等しいグエンには結構堪える。

「ったく、シェイラにだけアタリがきつすぎるわよ。グエン！」

「お前のツッコミもきつすぎるわッ!!」

いってー……。

頭が割れるかと思ったぜ――。

「ったく、男のくせにいつまでもウジウジと――」

いや、ウジウジとか言うけどね、君ぃ。

結構以前から、グエンさん嫌がらせ受けてたのよ？

そして、先日はリズと一緒に魔物の前に置き去りにされた――。

それを、「おっす、全然気にしてないよーニャハハ」って感じにできるわけねーだろ！

「……そう簡単に許せるかよ」

絞り出すように答えるグエンの声に、

「う…………グスっ。ううぅ……」

しょぼーん。と、あからさまに落胆した様子のシェイラ。

「ち……。いちいち泣くな、っつーの」

今回はそれなりに活躍したが、手放しに誉めてやれるほどグエンは心を許せていなかった。

「……だって、」

「貸しをひとつ解消してやっただけだ――」

「ふんッ！」と、そっぽを向くグエンを、呆れまじりに見るリズだったが、

「あーはいはい。そのうち許してやんなさいよ」

んだよ……。

「――お前は俺のオカンかッつーの？　ったく……」

「誰がオカンじゃ！」

スパァン！

「いっだ！　リズ、いっだぁぁあ！　————もぅ……頼むよ」

本気で涙ぐむグエンが情けない声でリズに懇願する。

だが、

「歳のことは言うなっつーの!!　もう、行くわよッ」

ぷりぷりと怒りつつ、リズが先頭に立ってズンズンと行く。

「と、歳のことは言ってねぇのに……」

「ぐ、グエンん……」

シェイラに呆れた顔をされるグエン。

その表情にちょっとムカついたので、「なんだ、その顔ぉ！」と、グエンはシェイラの頭をグリグリしながら、二人はリズについていく。

「あーうー……いーたーい——」

そうして、リズとグエンたちが向かった先は————……いつものところ。

第39話「さてと、まずは報告しよう」

冒険者ギルド辺境支部は紛糾していた。

職員が行ったり来たりしては、大騒ぎ。

冒険者も右往左往。

衛兵隊に至っては責任者を出せと怒鳴り込んでくる始末。

この体たらくに、臨時とはいえ責任者となったティナの我慢は限界寸前に達していた。

「うー……ぐぬぬ――ぅぅぅう!!」

それを知らない衛兵隊の連絡将校がティナに掴みかかる。

「おい、ギルドのぉ!!　お前んとこの冒険者は何をやっている!?　なぜ、前線の状況が届かない！」

ティナの顔色を窺うこともなく、ガックンガックンと！

「っさい……」

胸倉を掴まれたティナがブルブルと震える。

「――あんだぁ？　聞こえんわ!!　いいから、さっさと徒歩でもいいから伝令を出せ!!」

ぷっちん……。

「うるっさい!!　って言ってんのよ、このボケカスぅぅ!!」

ジャキ――ン！　と、特殊警棒を抜き出したティナが連絡将校の頭をカチ割らんとしてそれを振り上げる。

「ひぇ!?」

あまりの剣幕に腰の抜けた連絡将校。

それを見て、ゆら～りと警棒を構えたティナが――――。

「私のリズさんを一番危険なところに配置しておいて、よくもまぁ偉そうだこと――……そんな偉そうな態度はどうやって生まれるのか、頭の中を見てみたいわ――」

「あわわわわ……」

顔が影に覆われてどんな表情をしているかさっぱりわからないというのに、ティナの纏う空気は魔王のごとし。

「――あぁ、そうだ……」

ニコッ。

「そ――んな頭は、こぉれでカチ割ってみましょ――か――――!」

「ひぃいぃいぃいぃ!!」

そう言うが早いか、ティナが猛烈な勢いで特殊警棒を再び振り上げてド頭に――――……。

「わー! ティナさんを止めろぉぉ!!」

「みんな早くぅぅぅう!!」

慌てた職員と冒険者がティナを止めにかかるが、怒り狂ったティナが警棒をぶんぶん振り回して手がつけられない。

「だーまれ!! 私とリズさんの逢瀬を邪魔する奴ぁ、誰も許しはしね――――!」

「うわー、やばい。ティナさんが本心ダダ洩れじゃー」

「マスター代理がご乱心じゃ――……!」

わーわーわー。

と、騒々しいギルド。

そこに門から一直線にやってきたグエンたちが思わず顔を見交わす。

「なんか騒がしくね？」と——。

「ま、気にせず行きましょ」

「そうだな」

シェイラを小脇に抱えてヘッドロックを決めつつグエンもリズの後についていく。

「いーたーいー！　グエンんん」

知らん。

って、

「なんだこりゃ？」「なにこれ？」

そして、ギルドに入って一番最初に目にした光景はといえば、特殊警棒で連絡将校を追い回した後、ふーふーと荒い息をついているティナ。

それから、ぐったりとしたギルド職員たち。ちなみに連絡将校は目を回して床に突っ伏していた……。

「「「…………えーっと」」」

どういう状況??

思わず顔を見合わせるグエンたちであった。

「あ！」

そして、床に突っ伏していた冒険者の一人がグエンたちに気づいてガバチョと起き上がる。

「ん？」「え？」「あぅ？」

「り、リズだ――――!!」

まるでゾンビのように起き上がった冒険者が素っ頓狂な声を上げて奥に駆け込んでいく。

それを見て、また顔を見合わせるグエンたち。

「なんだ？」

「さぁ？　っていうか、人の顔を見て、お化けでも見たみたいに逃げるなんて失礼じゃない!?」

「顔、ねぇ？」

じっと、リズの顔を見るグエン。

「な、なによ」

じーっ……。

「ちょ、ちょっと――ち、近い……はわわ」

なんか、顔を真っ赤にしたリズだけど――。

「いや、お化けには見えないけど――……リズの顔、泥だらけだぞ？」

「んが!?」

顔を真っ赤にしていたリズであったが、慌てて顔をグシグシとこすって汚れを落とす。

「ど、どう？」

「ん？　――――うん、可愛い可愛い」

ポンポンと頭をとりあえず撫でておいてやる――……この人SSSランクなんですけどね。

「う……か、可愛いか、えへへ。って、なんか適当すぎない!?」

「そこぉ!?　っていうか、リズぅ――顔が真っ赤だよ？」

痛みで青い顔をしたシェイラも、なんだか面白くなさそうに口を尖らせる。

「うるっさい――――で、どういう状況な……」

リズが職員を捕まえて状況を確認しようとしたとき、
ダ――――――ン!!

と、次の瞬間、ギルド中を揺るがすほどの大音響が響いたかと思うと、ティナが悪魔憑きにでもなったかのような姿勢で起き上がる！

そして、ものすっっごい勢いで突っ込んできた。こわッッ!!

「ひぃ!?」「ひぇぇ！」

その剣幕にグエンとシェイラが飛びのくと、必然的にリズだけが残される――「リズさぁぁあああん!!」。

「ちょっと、あんたらぁぁ！　って、きゃ――――――！　ぐふ……」

ガバチョとものすごい勢いで抱きつく百合野郎――改めティナ。

「リズさん、リズさん、リズリズリズリズレズリズリズぅ！」

「おぅふッ！　ごぶぉ！　……な、中身でるぅ！」

リズが体をくの字にして苦悶（くもん）の声を上げるもティナは容赦（ようしゃ）せずグリグリと頭をこすりつける。

うわーなんだろう、この光景デジャヴだわー。

「ちょ、ティナ――放して……」

「放さない、放さない！　このまま一緒に逃げましょうー！　どこか遠くへ――」

てぃ！

「エエ加減にせぃ！」

とりあえず、リズが死にそうだったので、チョップをブチかましてやるが、ティナはギロリと非難がましい目を向けるだけ。

「あ、ギルド破壊男……！　アンタも無事だったのね」

「まー一応な。……って、誰が『ギルド破壊男』じゃ！　……無事も何もアンタが前線配置したんだろうが――」

冒険者の管轄（かんかつ）は一応ギルドマスター代理ということになっている。

そのティナが無事かどうかを心配しているのはちょっとどうかと……。

「私がそんなことするわけないじゃないですか!!　くぅ……。マスター不在を理由に冒険者の統率（とうそつ）が取れないってことで、街の衛兵隊が勝手に決めたんですよ!!　ギルド内の掌握（しょうあく）に励（はげ）んでいるうちに――」

あぁ、なるほど。

どーりで無茶苦茶な命令だと思った。

衛兵隊は自分たちの戦力を温存するために、冒険者を捨て石にするつもりだったのだろう。

だから、前線には冒険者だけが配置され、街の防壁の中に衛兵隊がいるわけだ。

「わかった、わかった。それより報告だ」

「そ、そうよ――ティナ落ち着いて聞いて……」

ゲホゲホと咳き込むリズ。

それを聞いてようやく落ち着きを取り戻したティナだったが、

「いえ、いいんです。魔王軍には前線を突破されたんですよね――……もともと、冒険者だけで魔物を食い止めるなんて土台無理――」

「殲滅したわ」

うんうん。

「殲滅したんですね。それは仕方ないことです――」

と、ティナが頷く。

――と、その瞬間、目をクワッと開くと、

「へ？　せ、殲滅――……!?」

殲滅ぅぅぅううう――……!?

ザワッとギルド中がどよめく。

「嘘だろ!?」

「いや、わかんねぇぞ！　なにしろSSSランクだぜ」

「だけどよー。いくらなんでも――」

　ざわざわざわ。

　まるでさざ波のようにギルド中がその話題で持ちきりになる。

　居残り冒険者にギルド職員。そして衛兵隊などなど。

　その様子に、衛兵隊の連絡将校がようやく起き出し、

「ぬぅ……。ギルドマスター代理ぃ、きっさまぁあ――！」

　怒り心頭といった様子で、

「――使えん冒険者を前線に配置して何が悪いッ！　冒険者ごときはなぁ、黙って街の防衛のための礎(いしずえ)になることを誇りに思わんかぁああ！」

「いや、だから倒したって――」

　プルプルと震える連絡将校の肩を叩くグエン。

「あ、倒しただぁ!?　何(なあに)を馬鹿(ばか)なことを――――って、貴様は犯罪者『光の戦士(シャイニングガーズ)』のメンバー!!　それも二人もぉぉお！」

　あ？

「誰が犯罪者だ、こらぁ！」

「ぼ、僕、犯罪者じゃないもん！」

　仲良く怒るグエンとシェイラ。

……シェイラはまぁ――うん。

そして、胸倉を掴まんばかりの勢いで怒り狂うグエンだったが、連絡将校はなおさら居丈高（いたけだか）になって言う。

「――かッ！　犯罪者に犯罪者と言って何が悪い！　どうせお前も、ギルドの恩情で、恩赦目（おんしゃ）当てに前線に行ったクチだろうが――……けけけ」

ニヤニヤと厭（いや）らしく笑う連絡将校。

その様子にグエンが青筋を立てているが、さすがに殴るとまずい。

だから思いとどまっているのだが、連絡将校はそれを見て気をよくしたのか、

「はっはーん！　ここにいるってことは、さては逃げ出したな？　これだから、下賤（げせん）な冒険者など役に立たない――」

「ああん!?」

……なんっだ、こいつ!?

「知ってるぞぉお！　グエンに、シェイラだな！　揃（そろ）いも揃ってクズどもが!!　どうせ、犯罪者のお前らのことだ。前線から逃げ帰ってきたんだな!?　けっ、臆病（おくびょう）者どもが!!」

ピキっ！

「しかも、さっき『光の戦士（シャイニングガーズ）』が脱走したと聞いたぞ、どうせお前らが手引きをしたに違いない――……！　なぁにが『殲滅した』だ、『倒した』だ！　お前らの言うことなど誰が聞くかぁ――」

「あ、かっちーん」

「僕も激おこだよっ！」

――――おらよ！

――いっちゃえ!!

「カッ！　馬鹿な犯罪者どもが、俺は貴様らなんぞこれっぽちも信用――」

イラっと来たグエンが、念のため証拠にと持ち帰ったオークメイジの生首(なまくび)をポーイと床に放り投げる。シェイラも、ない胸を張って怒り心頭。

すると、
ズドーーーーーン！

と、生首が床の上にデーンと鎮座(ちんざ)する。

「信用できーーーうほぉぉおおおおお!?」

ビックーと、体を硬直させた連絡将校。

「おぅ……。これでいいか？　こんなもんで良けりゃ、あと数百は戦場に転がってるぜ」

うんうん、リズが相槌(あいづち)を打つように頷く。

シェイラも戦利品の杖(つえ)をこれでもかと見せびらかす。

当然、連絡将校は完全に固まってピクリともしない――。

「う、」

う？

「……うっそぉおん!?　お、オークの超上位個体か、これ……。え、マジぃ!?」

顔面を引きつらせた連絡将校もこれを見せられれば納得するしかない。

そもそも、こんな奴でも一応街の防衛が目的なのだ。これ以上意味もなくゴネる必要はない――。

うんうん。

現物みせりゃ誰でも黙るってもんさ。

マナックたちもニャロウ・カンソーの首を見せたらこんな感じだったな――……。

って、あれ？

さっき確か、このくそ連絡将校の野郎――……『光の戦士(シャイニングガーズ)』が。

って、

「――『光の戦士(シャイニングガーズ)』が脱走したってど――いう意味だ、こらぁぁああ！」

ミリミリミリィ!!

と、連絡将校の胸倉を掴んで服を引きちぎらんばかりに締め上げたグエン。

「ひぃいいいい!?」

さすがに連絡将校のセリフの中に聞き捨てならない単語があったので、今度はグエンがこいつに怒鳴り散らす番だった。

第40話「これが、ダンジョン……」

それから、数日後……。

ギルドや衛兵隊とひと悶着はあったが、グエンたちはひとまず魔物の群れを殲滅したということで、後方で休息をとることが許された。

ひとまず——というのも、あれほどの規模で襲いかかってきた魔物の群れが、たった数名の冒険者の活躍で殲滅されたなどということが誰にも信用されなかったためだ。

確かに討伐証明としてのオークメイジの首はあったものの、衛兵隊は自分たちが発見した魔物の群れの脅威が今にもやって来るという恐怖感にとらわれていたため、頑なに防衛体制を崩そうとはしなかった。

結果。

街はいつまでたっても戒厳令を敷かれたままで、封鎖状態が保たれていた。

いつ来るともしれない魔物の群れに怯えて……。

しかし、そんな魔物は二度と来るはずもなく、いち早く動いたのはティナが指揮する冒険者ギルド。

そして、ＳＳＳランクであり、「監察官」でもあったリズの報告は最上位クラスの確度を持つ情報として扱われた。

そのため、ひそかにギルド本部には使いを出し、事の顚末を報告するティナ。

そして、ここからが重要ではあるが、
リズとグエンが言うように、ギルドは魔物の群れ——魔王軍の出現先を確かめるために、急遽追撃隊を編成し、魔物の死体の跡を追うことにした。

幸いグエンたちがすぐに報告に戻ったため、あとから出した追撃隊もなんとか魔物の群れの撤退先にたどり着くことができたのだ。

もっとも、そこまで困難だったわけではない。

大型の鳥型魔物に食い荒らされてはいたが、湿地には転々と魔王軍の死体が残されており、死体の道しるべを作っていた。

あと数日遅れていればなんの痕跡もなくなっていただろうが、結果として追撃隊は魔王軍の撤退先を発見していた——。

そして、ここが魔王軍の逃げ場所——……。

ヒユオォォオオオオ——……。

不気味な風音。

まるで大きな洞穴が唸り声をあげているようだ。

それを遠くから確認するグエンたち。

「……いやはや。まさか、ダンジョンから侵攻してきていたなんて」

完全武装したリズが、そっと岩陰から前方を覗き込む。

そこには陰鬱な湿地の中に隠された洞穴——「大型のダンジョン」がその口を開けていた。

ダンジョンの他には、
ひゅううう……と、冷たい湿地の風が流れる寂しい荒野があるだけ。

この辺りは、かつてニャロウ・カンソーがうろつく魔物の領域であった場所だ。

だから、誰もこのダンジョンに気づいていなかったのだろう。

当然、大昔の開拓もここまでは及んでいなかったため、ここは完全に人類未踏の地だった。

「お疲れ様です……」

コソコソと耳打ちするように小声で話すのはAランクの冒険者。

おそらく、追撃隊の一員なのだろう。

そんな場所に布陣しているものだから、顔中泥まみれにし、蓑をかぶって偽装していた。

「……ええ、状況は？」

数日間休息をとり、物資を補充したリズたち一行は、グエン、シェイラの回復を待って再度魔物の群れを追っていた。

「静かなもんです……。例の魔物の群れの指揮官は『オークキング』でした。ここまで単独で逃走しております。あと、負傷した魔物ですが、9割がたは落伍しました。しかし、残りの一部は内部に逃げ込んだようです」

「ふーん……部下を見捨てて、一人で逃走か――そりゃ、おめでたいわ」

皮肉たっぷりにリズはほくそ笑む。

「グエン。どうするの？　想像してたのとはちょっと違ったけど……」

リズの想像がどんなものだったかはさておき、
彼女は、シェイラの火魔法で暖を取っているグエンに問いかけた。

「どうって……。どうするんだ？」

グエンこそ、リズに聞きたかった。

二人は『光の戦士（シャイニングガーズ）』から脱退して以来、パーティを組むでもなく、なんとなく一緒にいるだけ。

そして、今は魔王軍の侵攻に際してギルドから強制的クエストを押しつけられ、「リズ班」として運用されている――その流れなのだ。

「あらあら、女の子に指示待ち？　ま、いいけど」

「女の子って、歳（とし）じゃねぇ――」

いらん一言を言おうとするグエンをシェイラが慌（あわ）てて止める。

「グエンってば！」

モギュと、無理やり口に干し肉を押し込み黙らせると、自身も火魔法であぶった肉をかじる。

「ぷはっ！　んだよ、ったく――別に許したわけじゃねーってのに、いつまで一緒にいる気だ？」

「はいはい、そこまで――シェイラ、アタシにもちょうだい」

シェイラから干し肉を受け取ったリズ。

懐から乾燥した香草を取り出し、一緒にかじっている。

ダークエルフ族のリズは肉類の臭みが苦手なんだとか――。

「シェイラはアタシの保護観察中だからね、もう少し大目に見なさいよ」

そう言って硬い干し肉をほぐしながら口に運ぶ。

「けっ。じゃ、この魔物の群れ騒動が終わるまでだな？」

「ん～。まぁそうなるわね。成り行きで手伝ってるけど、アタシも中央に報告に行かなきゃいけないし」

報酬もまだだしねー。とリズは繋げた。

「だけど、どーすんの？　アタシは攻略するのは吝かじゃないけど、アンタこそ戦えるの？」

リズは口の中をパンパンに膨らませながら、クイクイとダンジョンを示した。

グエンも仏頂面でのぞき込むその先――……。

おぉぉぉぉぉ…………。

風が吹き出し、不気味な音を立てる巨大なダンジョンの入り口。

一見、ただの洞穴に見えるが、ダンジョン特有の明かりが内部から見え隠れしていた。

ついでに言えば、オーク歩兵の見張りもいやがる……。

(これが未踏破の新ダンジョンか――)

奥行きも、
規模も、
何もかもが不明――……。

そして、魔物の群れ（モンスターパニック）が湧（わ）き出した源泉――。

魔王のおわす黄泉（よみ）への入り口……。

引き返すなら今しかないけど……。

（ここまで来て、今さらだな）

チラリとリズを振り返ると顔だけで頷（うなず）き返される。

「見張りがいるな……？」

「そーね。装備からして、この前の魔物の群れ（モンスターパニック）を起こした連中と同じみたいね」

すると、リズとグエンは上下に分かれるようにして、潜伏（せんぷく）場所から顔を出し前方確認。

「……で、どーすんの？」

リズが再度聞く。

ダンジョンに突入する気はあるのか？　と――。

「さぁな。……何回かダンジョンには入ったことがあるけど、未探索のダンジョンは初めてだしな」

元ＳＳランクパーティ『光の戦士（シャイニングガーズ）』は、いろいろ黒い噂（うわさ）もあるパーティではあったが、一応それなりに活動はしていた。

その中には当然ダンジョンの探索も含まれている。

なぜなら、ダンジョンには貴重な鉱物や、レアモンスターの素材、さらには魔力を帯びたアイテムや金銀財宝が見つかることもある。

それゆえに、一攫千金を狙う冒険者なら一度はトライしたい望郷の地なのだ。

「ふーん。ならやめとく？　アタシは一応偵察がてら入るけど――無理にとは、」

「いや。行くさ。リズにだけ無理をさせる気はないよ。もちろん、コイツも行くけどな」

コイツ、と言ってシェイラを前に引っ張り出す。

「うぇ!?　ぼ、僕も!?」

「当たり前だろうが……」

グイ。っとシェイラの頭を押さえるグエン。

三角帽子が潰されてシェイラがちょっと困った顔をしているが、おかまいなし。

「そ？　まぁ、その方が助かるけど。知っての通り、未探索ダンジョンだからね、半端な人員は連れていけないわ――よって、」

じっと、グエンたちの顔を見ると、
それ以外のここにいる追撃隊の面々から、フイっと目をそらすリズ。

「――グエン、シェイラ。アンタたちが連れていける限界よ？」

ＳＳランクでギリギリだと言うリズ。

つまり、この潜伏場所を確保してくれたギルドの追撃隊は探索に加われないということだ。

彼らはせいぜいB～Aランク。

局所的な特性をみてもSランクがいいところ。

大半(たいはん)の優秀？　な冒険者は、先日リズとグエンによって壊滅させられてしまったし……。

「それでいい。さっさと終わらせよう。そろそろコイツの顔を見るのもうんざりだし――……」

「あ、痛ッ」

グエンはシェイラの鼻をピィン！　と、軽く弾(はじ)きつつ、思い出す。

それも、ほんの少し前のことを――。

「――それに他にやることがあるんだよ。こんなとこで時間を使っていられないんだ」

「んん？　やることって何よ――？」

それは、ギルドに帰還(きかん)したときに発覚した事実。

そう。

元パーティの『光の戦士(シャイニングガーズ)』が脱走したというその事実について……。

――だから、決まってるだろ？

やることなんて、さ。

「あいつ等をもう一度豚箱(ぶたばこ)に入れることに決まってるだろ！　だから、さっさと魔王軍とやらを埋め戻してやるさ」

「あー……。そうね。まさか脱走するとはね、アタシも予想外だったわ――」

さすがにバツが悪そうにリズも頭を掻く。

とはいえ、リズの責任というわけではない。

そもそもリズの任務は『光の戦士』の潜入調査だ。

連中の悪事が明るみに出た以上、彼女の任務は終了していると言っていいだろう。

「いいさ。落とし前は自らつける——。……むしろ、マナックには俺が直接、顔面パンチをお見舞いしてやらないとな」

「アンタ物騒になったわよねー」

リズが呆れまじりに言うと、

「リズだって、もっと無口かと思ったぞ？」

「アタシはアタシよ——」

ま、

「人間変わるってこった」

そうだろ？

「う、うん……」

グエンの視線を受けてシェイラは力強く頷く。

この子はこの子で変わった。

生意気な態度は鳴りをひそめ、随分大人しくなった。

グエンの言うこともよく聞くし、言い訳もしなくなったし、なにより強くなった――――。

以前の出来事さえなければ、パーティを組んでもいいかと考えるくらいには。

――――ま、考えられないけどね。

「じゃ、決まりってことでいい？　グエン。シェイラ」

「おう」

「うん！」

グエンたちは力強く頷く。

そしてニヤリと笑ったリズが差し出す拳に、グエンもニィと笑って同様に突き出す。

そこに、シェイラがおずおずと小さな手に拳を作ると、全員がコツンと拳を突き立て合った。

そのまま三人でグリグリと拳を押しつけ合う。

やや体育会系のノリにシェイラはついていきづらそうだったが、鼻の穴を大きくして「むふー」とやる気を見せている。

（ふん………。まぁ、背中を預けるくらいには信頼してやるかな）

どこか偉そうな態度でグエンは思考を巡らせると、拳を開いてハイタッチで締めくくった。

あとがき

拝啓、読者の皆様。ＬＡ軍です。

皆様、まずは本書を手に取って頂きありがとうございます。初めましての方は初めまして！

1巻から続けてのご購入の方はありがとうございます！

さて、ＬＡ軍です。

本作をお楽しみ頂けたでしょうか？　少しでもお楽しみ頂ければ作者として無上の喜びです。

私にとっては、本作を含めて作家として2巻を出せるというのは大変光栄なもので、それもひとえに応援してくださった皆々様のおかげであると思い、大感謝の気持ちでいっぱいです。

今後ともよろしくお願いします。

それでは、本作について少し紹介していきたいと思います。

2巻では、主要キャラは大きく変わらず、ちょっと情けないところもある主人公のグエンに、小悪魔的な可愛(かわい)い魅力のあるダークエルフのリズ。そして、ライバルサイドの皆さんとギルドの面々であります。

そして、2巻ではリズの正体が判明したり、シェイラの扱いについても大きく変わります。

さらに、元々ぶっ飛んでいたグエンの能力ですが、さらに開花してとんでもない威力を発揮するようになります。

さてさて、どんなふうに活躍するのか、またリズの正体やシェイラについて気になるお方は是非（ぜひ）とも本作を最後まで読んでいただきたいと思います！

本作では、敵も味方もその他諸々（もろもろ）も、活き活き（いきいき）と戦い、そして――活躍します！

そんなキャラクターたちが更（さら）に動的に活躍する場面は、じきに始まるコミカライズで見ていただければ幸いです！

是非とも、小説ともども応援していただければ幸いです。ちなみに時期は……まだ未定ッ！

……と、そんな感じですが今後とも、皆々様には作品を楽しんでいただければ幸いです。

では、本巻ではこのへんで……！

次のグエンの活躍は、そしてヒロインたちの活躍はいかほどのものか!!

物語はまだまだ、まだまだ始まったばかりです。是非とも、今後とも応援のほど、よろしくお願いします。

最後に、本書編集してくださった校正の方、編集者さま、出版社さま、そして美麗なイラストで物語に素晴らしい華（はな）を与えてくださった猫月（ねこづき）先生、本書を取り扱ってくださる書店の方々、そして本書を購入してくださった読者の皆様、誠にありがとうございます。御礼をもってご挨（あい）拶（さつ）とさせてください。本当にありがとうございます！

敬具。


コミカライズ版や次巻以降でまたお会いしましょう！

読者の皆様に最大限の感謝をこめて、吉日　ＬＡ軍

ダッシュエックス文庫

SSランクパーティでパシリをさせられていた男。ボス戦で仲間に見捨てられたので、ヤケクソで敏捷を9999まで極振りしたら『光』になった……2

LA軍

2022年3月30日　第1刷発行

★定価はカバーに表示してあります

発行者　瓶子吉久
発行所　株式会社　集英社
〒101−8050　東京都千代田区一ツ橋2−5−10
03(3230)6229(編集)
03(3230)6393(販売／書店専用) 03(3230)6080(読者係)
印刷所　図書印刷株式会社

ISBN978-4-08-631461-9 C0193